GRINCHEUX DES MONTAGNES

PÈRE, CÉLIBATAIRE ET AUTORITAIRE LIVRE 2

WILLOW FOX

ALLISON WEST

SLOWBURN
PUBLISHING

Grincheux des montagnes

Père, célibataire et autoritaire Livre 2

Willow Fox

Publié par Slow Burn Publishing

© 2023

Traduction par sarahlrnt

Relecture par marie_frcy

vi

Couverture par Slow Burn Publishing

Cover Design by MiblArt

Tous droits réservés.

CHAPITRE UN

LOGAN

— Je jure, si j'entends une plainte de plus de la part des touristes, je sors de ce complexe et je ne reviens jamais, marmonné-je, exaspéré.

— Est-ce que posséder une station de ski est vraiment si compliqué ? demande Levi au téléphone.

Nous sommes devenus amis alors que nous servions ensemble dans l'armée. Cependant, nos rencontres sont rares. Et ce n'est pas une question d'argent. Levi a hérité de l'entreprise de son père, une chaîne hôtelière mondiale.

J'ai investi tôt dans plusieurs entreprises technologiques dont je n'avais jamais entendu parler, espérant peut-être avoir assez d'argent pour la retraite dans quarante ans. Mais les choses ont pris une tournure différente et je suis finalement devenu milliardaire.

Je suppose que j'ai de la chance.

Cependant, ma chance semble disparaître.

J'ai acheté une station de ski au Montana. L'endroit avait besoin de rénovations, et ce que je pensais être la partie difficile est maintenant achevé sauf que les entrepreneurs ont dépassé l'estimation initiale et ont ajouté toutes les dépenses possibles.

Je ne les engagerai plus jamais, mais l'endroit est en grande partie terminé. Quatre fois plus cher que prévu. Et maintenant, je dois récupérer l'argent. Ajouter quelques dollars par ticket pour un droit d'entrée aidera, mais cela prendra des années pour récupérer mon investissement.

— Les aspects logistiques sont vraiment un casse-tête. La station elle-même est magnifique. C'est comme ta maison multipliée par trois.

Levi rit.

— On en est réduits à comparer la taille de nos maisons ? demande-t-il en riant. Comment va Julianna ?

Julianna a quinze ans et est prête pour l'université. Elle aspire à partir étudier, quitter le pays si possible, et s'éloigner autant que possible de son vieux père.

Je ne suis pas emballé par cette idée.

Si elle est admise dans une école de premier plan, je prendrai en charge les frais de scolarité, mais elle n'ira pas à Oxford avec sa moyenne actuelle. Et je ne lui permettrai pas de partir en Angleterre ou à Paris pour obtenir le même diplôme qu'elle pourrait obtenir ici, simplement parce qu'elle veut parcourir le monde.

Elle peut prendre une année sabbatique.

Mais je ne financerai pas cela.

Je n'ai pas grandi dans l'aisance, et je ne veux pas qu'elle pense que tout est acquis facilement, même si j'ai de la chance.

— Elle est en vacances, dis-je en me grattant la nuque. La nouvelle école la stresse un peu, je pense. Tu devrais venir avec Amelia. Elle serait ravie de la voir.

— Tu penses que tu as de la place pour nous chez toi ? demande Levi en se moquant de moi.

— Je pense qu'on peut vous trouver une chambre. Mais je pourrais te faire payer le double, étant donné que tu seras certainement le plus gros casse-pieds du complexe.

— Je ne peux pas être pire que les grand-mères qui essaient d'emmener leurs petits-enfants faire du ski, dit Levi.

Il n'a pas tort.

Julianna est essoufflée, elle court vers moi et entre dans mon bureau.

— Je dois y aller.

Je raccroche avant de pouvoir dire un au revoir convenable à Levi. Il comprendra.

— Qu'est-ce qui ne va pas ? demandé-je, en la regardant de haut en bas.

Pourquoi diable court-elle partout ?

— Va gérer les clients, Papa. Arrête de te cacher.

Elle est piquante aujourd'hui.

— D'accord, soufflé-je.

Je recule ma chaise, fais le tour de mon bureau et sors. Je descends le couloir et arrive dans le hall, où une demi-douzaine d'invités attendent d'être enregistrés au stand de location de ski.

Je grogne et redirige les invités du bon côté du bâtiment. Nous avons un hôtel du côté est, et du côté ouest se trouve la station de ski, ouverte au public. Ce n'est pas si difficile à comprendre. Des panneaux et des plans sont partout dans le bâtiment, mais tout est nouveau, et certaines personnes n'aiment pas le changement.

Je consulte Wyatt, mon frère, pour m'assurer que l'équipement de ski est géré correctement. Lorsque les clients louent leurs skis, ils doivent remettre leur permis de conduire, et nous le conservons jusqu'à ce que les articles soient restitués.

Tout semble en ordre, mais il est débordé en essayant d'aider les clients assez rapidement alors que la file pour l'équipement de location ne cesse de s'allonger.

Et ils ne paient pas à l'intérieur où ils louent les skis. Nous avons un guichet séparé pour les paiements. C'est censé être pratique, mais je ne suis pas sûr que ce soit la meilleure méthode. Nous sommes encore en train de régler les détails.

Julianna se précipite derrière le comptoir pour aider à distribuer les chaussures de ski. Nous sommes complets pour un mardi, mais c'est aussi les vacances d'hiver pour les enfants de Breckenridge et des villes environnantes. À peine une semaine avant Noël. Le temps passe si vite.

Lorsque les choses ralentissent enfin, je traverse le couloir pour prendre une bouteille d'eau dans mon réfrigérateur.

— Je n'arrive pas à croire ces prix !

La voix d'une femme résonne depuis notre boutique.

Je devrais simplement laisser couler et ignorer les plaintes. Croyait-elle qu'elle partirait en vacances sans dépenser un centime ?

Mais je gère l'endroit et j'ai besoin de prendre les plaintes et les problèmes des clients au sérieux. Même Julianna m'a rappelé que si je n'écoute pas ce que les autres veulent, je ne peux pas aider à résoudre les problèmes. Cette gamine est trop futée.

— Puis-je vous aider ? dis-je d'un ton bourru.

Il y a deux employés de magasin en service. L'un est blotti derrière la caisse, l'autre plie des t-shirts, et ses yeux s'élargissent en me remarquant. Je suppose que le personnel ne s'attend pas nécessairement à ce que le propriétaire soit impliqué, mais je ne vais pas rester assis dans mon bureau toute la journée.

Ma fille ne me le permettrait jamais.

— Trois cents dollars pour une veste, c'est absurde. Vous vous rendez compte ? se moque la brune. C'est du vol. Je ne suis pas venue ici pour me faire avoir.

Elle repousse la parka de ski sur le portant.

— C'est l'hiver, et vous êtes dans une station de ski. Qu'attendiez-vous ?

— Je pourrais acheter la même veste dans un grand magasin pour la moitié du prix.

— Eh bien, dans ce cas, peut-être devriez-vous le faire. Vous broderez aussi Breckenridge sur le devant, dis-je en montrant la personnalisation que beaucoup de touristes apprécient.

— Je pourrais le faire moi-même pour la moitié du prix, souffle-t-elle. Et les billets pour le téléphérique, mon Dieu, les familles auront besoin d'une deuxième hypothèque s'ils veulent louer l'équipement aussi. J'ai entendu dire qu'il y avait un nouveau propriétaire. Quel voleur !

Aïe.

— Personne ne vous force à prendre le téléphérique ou à aller sur les pistes. Il y a beaucoup à faire en ville si vous êtes ici pour des vacances agréables et relaxantes.

Pourquoi est-ce que je continue de discuter avec cette femme ? Elle cherche les ennuis. Je peux clairement ressentir l'intensité et la chaleur de son regard bleu ardent.

— Vous venez ici souvent ? demande la femme, me regardant de haut en bas.

Je fais un signe de tête sec.

— On pourrait dire ça.

— Titulaire d'un abonnement à la saison ? devine-t-elle.

Elle se trompe, mais je ne la corrige pas.

— Vous préfériez l'endroit avant que le nouveau propriétaire ne prenne les commandes et ne change tout ? J'ai entendu dire qu'il est très pointilleux avec les employés. Il ne les laisse pas prendre de congé et les fait travailler de longues heures. Avez-vous remarqué quelque chose de tout ça ?

— Je ne peux pas dire que j'ai remarqué quoi que ce soit, fulminé-je.

— Oh, tant mieux, dit la femme.

Elle est tout sourire, et moi je suis la tempête sur le point de gâcher sa belle journée. Elle me regarde de haut en bas à nouveau.

— Le service ici laisse à désirer, si vous voulez mon avis. J'ai dû attendre vingt minutes pour entrer dans la bonne file d'enregistrement.

— Vous avez suivi les flèches jaunes au sol ? grogné-je alors que mes mains se serrent en poings le long de mon corps.

— Quelles flèches ? demande-t-elle en haussant les épaules, n'ayant pas remarqué les écritures jaune vif et oranges au sol qui indiquaient la direction de l'enregistrement des invités.

— Certaines personnes ne savent pas lire, murmuré-je.

Pourquoi est-ce de ma faute ? Si vous ne pouvez pas suivre les instructions et que cela vous prend le double du temps, c'est de votre faute.

Elle jette un coup d'œil au portant suivant, avec des hauts à manches longues pour femmes.

— Soixante-dix dollars ?

Elle ricane en regardant l'étiquette de prix.

— Ça en vaut trente.

— Vous êtes déjà allée dans une station de ski ? demandé-je, en soulignant le fait que c'est une destination de vacances pour les gens qui aiment la neige.

Les gens viennent de partout dans le monde. Du moins, presque.

— Qu'attendiez-vous que les vêtements dans un endroit comme celui-ci vous coûtent ? rétorqué-je, mon ton plus acéré que je ne le voudrais.

— Oh, je ne sais pas. Je ne vais pas vraiment dans des stations de ski. Ce sont habituellement des vacances à la plage. Je suis influenceuse.

— Influenceuse ? Mais qui diable influencez-vous, des ados ? soupiré-je, agacé.

Cette femme me fait perdre mon temps.

Elle pince les lèvres.

— Ce que je fais ressemble plus à du vlogging. Mais il m'arrive de m'essayer à d'autres choses.

— Évidemment, marmonné-je.

Qu'est-ce que le vlogging, bon sang ? Je dois retourner travailler. Je me retourne et quitte le magasin sans dire au revoir ni adieu.

— Papa ! m'appelle Julianna, sortant de derrière le comptoir.

Je m'arrête et me retourne, attendant que ma fille me rattrape.

— Est-ce que c'est Cali Sinclair ? demande Julianna, les yeux grands ouverts.

— Je ne sais pas. C'est une célébrité ou quelque chose du genre ?

Je n'ai jamais entendu parler de la femme dont Julianna me parle.

— Cali Sinclair est une blogueuse de voyages. Elle critique les meilleures destinations à venir. C'est comme si tout ce qu'elle publie devient viral. Les endroits sont complets pendant des mois si la critique est bonne. Si c'est mauvais, elle te détruit.

Je ne crois pas qu'elle ait ce genre de pouvoir. C'est une femme avec un téléphone, peut-être un ordinateur.

— Je vais lui parler. Nous avons besoin de la meilleure publicité possible ! s'écrie Julianna en se précipitant dans le couloir.

Je lui attrape le bras pour l'arrêter, mais elle se faufile et se précipite vers la femme.

Je ne peux pas regarder. Je retourne à mon bureau. J'ai des problèmes plus importants à régler qui nécessitent mon attention, et essayer d'impressionner une fille qui aime faire des vidéos de danse ne m'aidera pas à faire des bénéfices.

———

Je n'ai jamais pris cette bouteille d'eau finalement.

Mon bureau est frais ; les bouches d'aération sont ouvertes et le chauffage est monté au maximum. Le reste du chalet est bien chaud, ce qui signifie que la chaleur ne circule pas correctement jusqu'au bureau.

Je réglerai ça un autre jour.

Je quitte la pièce d'un pas décidé, me dirigeant vers le salon pour prendre un café.

La brune que j'avais vue plus tôt est assise près de la machine à café, la jambe surélevée avec une poche de glace qui fond plus vite qu'une crème glacée au soleil.

Elle a dû se faire mal en dévalant les pentes.

— Hey, j'ai oublié votre nom, dit la femme alors que je passe près d'elle.

J'aurais dû prendre un café dans la cafetière de la salle arrière, où je n'aurais pas eu à interagir avec les clients. Grosse erreur.

Mais le café dans le salon est mille fois meilleur. Je saisis le code pour le café que je veux, puis le code administrateur pour ne pas avoir à payer cinq dollars pour une tasse de café classique.

J'attrape la tasse brûlante et jette un coup d'œil à la brune.

— Je ne vous l'ai pas donné, dis-je.

Elle est mignonne, mais il n'y a de la place que pour un grincheux dans ce chalet. Je préférerais me jeter du haut des pistes noires que de passer cinq minutes de plus à l'écouter se plaindre.

— Vous pouvez me prendre un café ? demande-t-elle, en agitant un billet de cinq dollars.

— Bien sûr.

Je saisis l'argent et le glisse dans ma poche tout en tapant le code, lui prenant la même boisson que la mienne.

— Vous voulez de la crème et du sucre ?

— Oui, s'il vous plaît.

Elle s'anime en prenant la tasse que je lui tends.

— Merci, dit-elle en prenant une gorgée.

— C'est votre première fois au ski ? demandé-je, en jetant un coup d'œil à sa cheville.

— Oh, ça ? Non, c'était à cause de mes talons.

— Sérieusement ? Qui diable porte des talons dans une station de ski ?

Je la détaille du regard, et bien qu'elle porte toujours son legging bleu marine et son chemisier rose, elle a une paire de bottes à talons à côté de la chaise.

Qui a inventé des bottes qu'on ne peut pas porter en hiver ?

— Je ne suis pas venue ici pour faire du ski, dit-elle.

Je m'installe, me penchant en avant sur l'une des chaises, lui accordant toute mon attention. Je ne sais pas pourquoi. Je devrais retourner à mon bureau et laisser cette folle tranquille. Elle ne me rend pas service, elle me fait douter de ma santé mentale.

— Vous êtes venue ici avec ces bottes à la mode pour faire des vidéos et faire le buzz ?

— Quelque chose comme ça. Je m'appelle Cali, dit-elle en tendant la main pour se présenter.

— Logan, marmonné-je, en lui serrant la main avant de prendre une autre gorgée de café.

J'ai besoin d'un espresso, quelque chose de plus fort, pour rester concentré cet après-midi.

— Je suppose que vous n'aimez pas skier ?

— Pourquoi vous dites ça ?

Ayant fini ma tasse, je la jette dans la poubelle à proximité et demande cette fois à la machine de me préparer un double espresso.

Cali observe avec fascination.

— Vous êtes à l'intérieur par une journée glaciale, quand il fait froid et neigeux. Conditions idéales pour le ski. Aussi le genre de temps que je déteste.

— Pourquoi venir ici ?

— Je vous l'ai dit, pour le travail. Je suis influenceuse.

— D'accord.

Je n'arrive pas à imaginer qui elle influence. Qui l'écouterait ?

— Votre travail n'a aucun sens. Vous n'êtes pas censée essayer quelque chose avant de le juger ?

— Je ne fais pas de critique des pistes de ski.

— Mais c'est pour ça que les gens viennent à la station Blue Sky. Ils ne viennent pas au chalet pour le café ou les vestes du magasin. Ils viennent pour l'expérience de skier ou de faire du snowboard sur les pistes.

— Je ne suis pas d'accord, dit Cali.

Je ne pourrai pas supporter cette femme beaucoup plus longtemps. Mon espresso est prêt, et je le prends dans la machine. Je devrais retourner à mon bureau.

— En y réfléchissant bien... dis-je, en l'évaluant du regard. Avec votre blessure à la cheville due à vos talons, vous êtes une responsabilité. Restez éloignée des pistes.

Ses yeux se rétrécissent et son nez frétille.

— Pourquoi est-ce que ça vous importe ? Vous travaillez ici ? Attendez, vous êtes Logan Henderson ?

Je porte mon espresso à mes lèvres et me tourne, sortant du salon avant qu'elle ne puisse m'asséner d'autres questions.

— Papa !

Julianna me poursuit dans le couloir. Je ralentis pour la laisser me rejoindre pendant que je sirote le reste de ma boisson.

— Oh mon Dieu, Cali est tellement géniale !

Je grogne, souhaitant que cette femme menaçante n'ait jamais mis les pieds au chalet en premier lieu. Qui vient dans une station de ski sans prévoir de skier ?

— Pas maintenant, Ju.

Julianna s'arrête de marcher et croise les bras sur sa poitrine.

— Papa, est-ce que tu dois toujours être rabat-joie ?

Ses mots me blessent profondément. Je n'avais pas l'intention de faire quoi que ce soit de blessant. Pourquoi aboie-t-elle après moi ?

— Qu'y a-t-il ?

— J'ai montré à Cali les vidéos que j'ai faites, et elle était impressionnée. Elle m'a invitée à faire un stage avec elle cet été, s'écrie Julianna.

Je ne l'ai jamais vue aussi heureuse. Enfin, pas depuis le divorce de sa mère et moi.

Elle saute en l'air, les yeux radieux comme le soleil.

— Tu dois me laisser y aller, Papa. S'il te plaît.

— Où est-ce ?

— En Californie.

— Bien sûr, marmonné-je. Cali est de Californie. Est-ce que c'est même son vrai nom ?

— Je ne sais pas, dit Julianna en haussant les épaules.

— Qu'est-ce que tu sais de cette femme ? demandé-je, en guidant Julianna dans mon bureau.

Je ferme la porte, ne voulant pas que quelqu'un entende notre discussion privée.

— Qu'y a-t-il à savoir ? Elle a proposé de m'apprendre tout ce qui concerne les vidéos et l'influence. C'est tellement génial, Papa. Tu dois dire oui. S'il te plaît. Je veux être influenceuse. Je pourrai gagner beaucoup d'argent avec ça, et tu n'auras pas à m'aider.

Je frotte mes yeux, essayant de ne pas les rouler en arrière.

— L'influence n'est pas un métier. C'est un passe-temps.

— Tu n'y connais rien, argumente-t-elle. Tu devrais parler à Cali.

— Je l'ai déjà fait, grondé-je.

Et il est hors de question que ma fille de quinze ans traîne avec elle pendant les vacances d'été de l'année prochaine. Non seulement je ne fais pas confiance à la femme parce que c'est une étrangère, mais je ne veux pas non plus que Julianna ait des idées folles selon lesquelles elle pourrait être influenceuse.

— Attends, vraiment ? Elle t'a parlé de moi et du stage ?

— Non, grogné-je, et fais signe à Julianna de s'asseoir en face de moi sur le siège vide près de mon bureau.

— Oh, souffle-t-elle, son visage s'assombrissant de déception. J'aurais peut-être dû attendre une meilleure occasion pour te poser cette question, quand tu es de bonne humeur. Mais bon, ça n'arrive presque jamais.

Le visage de la jeune fille s'empourpre légèrement, révélant la fougue caractéristique de l'adolescence, probablement amplifiée par les soubresauts hormonaux typiques de cet âge tumultueux. Notre parcours n'a pas été sans embûches, nous deux, seuls. Sa mère n'a pas demandé la garde partagée quand nous avons divorcé. Elle m'a laissé Julianna mais a revendiqué la maison en Grèce en échange. Comme si notre précieuse enfant méritait un tel compromis désavantageux.

Jess, rien que d'y penser, ravive un agacement en moi. Je ne souhaite pas qu'une autre Jess s'approche de Julianna. J'éprouve également des appréhensions concernant Cali. Elle semble avoir la tête dans les nuages, poussant ma fille innocente à croire qu'elle peut devenir la prochaine grande influenceuse et devenir connue.

— Nous pouvons discuter de ta proposition de stage ultérieurement, mais je tiens à te rappeler que nous ne fréquentons pas les clients du chalet, lui expliqué-je calmement. Nous maintenons une certaine distance.

Julianna me regarde, perplexe.

— Qu'est-ce que ça veut dire, Papa ? Je ne parle pas de coucher avec elle.

Je ne peux m'empêcher de réprimer un léger rire. Heureusement, car cette femme est bien trop âgée pour s'engager dans une relation avec ma fille.

— Alors, c'est plutôt un coup de cœur ? demandé-je, curieux.

Julianna n'a jamais caché ses préférences amoureuses pour les filles. Au fil des années, elle a eu davantage de coups de cœur féminins que masculins. Je crois qu'elle est toujours en train d'évaluer sa sexualité, un sujet délicat que je préfère éviter de discuter avec ma fille de quinze ans. Elle est libre de fréquenter qui elle veut, du moment que je les rencontre et donne mon approbation.

Cependant, Cali n'a pas mon approbation. Elle est bien plus proche de mon âge, ou du moins entre les deux. J'ai quarante-trois ans, et elle doit avoir quoi, vingt-cinq ans ? Je pourrais vérifier plus tard, quand ma fille ne me lancera pas des regards pleins de colère.

— Cali n'est pas un coup de cœur. Je veux dire, si elle m'adressait un sourire, je trouverais ça flatteur, mais elle a quatorze ans de plus que moi, Papa. C'est un peu... étrange.

Un sourire s'esquisse sur mes lèvres, et je calcule mentalement. Cali a vingt-neuf ans. Quinze années de moins que moi.

Pourquoi est-ce que cela m'importe ?

Après tout, je n'ai aucun intérêt à sortir avec elle.

Vraiment aucun. J'ai mis un terme à mes relations depuis que Jess a fait des ravages dans mon cœur, le piétinant et le jetant comme un vieux chiffon dans les égouts.

Si ce n'était pas pour Julianna, je pourrais presque nourrir une rancune envers toutes les femmes. Mais j'aime ma fille plus que tout, même si elle ne sait pas toujours ce qui est le mieux pour elle. C'est pourquoi je suis là, pour le lui rappeler et la guider sur le droit chemin.

— À part ça, Papa, Cali nous a invités à dîner ce soir.

— Quoi ? marmonné-je, sentant ma patience s'effriter. Retourne à tes tâches, s'il te plaît.

— Allez, ne sois pas si réticent. Tu ne peux pas refuser. Je lui ai déjà dit que je serais présente, et elle est curieuse de te rencontrer.

Je réprime un soupir, mes mains se crispent légèrement le long de mes hanches. Mes muscles tendus trahissent mon irritation grandissante.

— Nous nous sommes déjà rencontrés, répliqué-je, luttant pour contenir ma colère.

Je n'ai pas besoin de partager un repas avec elle pour savoir que je ne souhaite pas que ma fille passe trop de temps en sa compagnie.

— Et tu ne devrais pas prendre de décisions sans m'en parler au préalable.

— Ce n'est qu'un dîner, et qui plus est, dans l'une de tes propriétés. Je ne vais pas chez elle en pleine nature isolée.

Sa voix s'élève légèrement, mais elle ne me crie pas dessus. Julianna est contrariée, son visage est rouge, et ses cheveux noirs noués en un chignon paraissent en désordre, quelques mèches s'échappant autour de son visage.

Elle a raison. Peut-être suis-je un peu partial. Si elle souhaite dîner avec quelqu'un pendant son séjour au chalet, ce ne serait pas juste de ma part de l'en empêcher. En réalité, cela serait même hypocrite de ma part. Après tout, je l'ai encouragée à se faire des amis et à profiter de son temps ici. Cependant, je dois admettre que je ne m'attendais pas à ce que ce soit en compagnie d'une adulte.

— Si tu veux dîner avec elle, vas-y. J'ai du travail à terminer de toute façon, déclaré-je en me levant de mon bureau.

— D'accord, si tu veux être de mauvaise humeur, dit Julianna en quittant mon bureau tout en exprimant son mécontentement.

— Ah, les adolescents, murmuré-je pour moi-même.

— Les papas grincheux ! crie Julianna depuis le couloir, en guise de réponse.

CHAPITRE DEUX

CALI

La jeune fille que j'ai rencontrée cet après-midi était vraiment charmante. En elle, je retrouve un peu de moi-même à son âge.

Je me trouve confortablement installée dans le doux fauteuil du salon. Il est rare d'en trouver d'aussi accueillants et j'ai peur qu'on me vole ma place si je me lève.

Cependant, je ne vais pas avoir le choix, car j'ai vraiment besoin d'aller aux toilettes. Le café que j'ai bu n'a pas vraiment aidé. Mais bon, je vais attendre jusqu'au dîner.

Heureusement, celui-ci est pour bientôt. Ma montre s'est cassée quand j'ai tordu ma cheville, dans une chute que je préfère taire par fierté. C'était un peu embarrassant. Moi, au sol, le talon cassé et le genou écorché en plus de la cheville foulée.

— Cali !

Ju me fait signe de la main en me repérant et se précipite vers moi.

— Je pensais qu'on devait se retrouver près du restaurant ?

— Oui, c'était le plan. Désolée, ma montre s'est cassée plus tôt, et mon téléphone est déchargé.

Je lui montre mon téléphone éteint.

— Mon dieu. Mon père serait tellement en colère si je laissais mon téléphone déchargé. Il est obsédé par le fait de pouvoir me joindre à tout moment.

Elle me lance un sourire malicieux avant de jeter un coup d'œil à ma cheville.

— Besoin d'aide pour aller au restaurant ?

— Je pense que je peux me débrouiller, dis-je en grimaçant légèrement quand je me lève et mets un peu de poids sur ma cheville.

C'est douloureux, mais je retiens tout cri d'agonie. J'ai déjà vécu pire. Il est vrai que je ne suis pas la plus gracieuse. Les accidents me suivent un peu.

Ju me tend son épaule.

— Tu peux t'appuyer sur moi, dit-elle avec gentillesse.

C'est vraiment une bonne âme.

— Est-ce que ton père nous rejoindra pour le dîner ? demandé-je. Peut-être qu'il pourrait nous aider à aller au restaurant.

Je plaisante à moitié. Le restaurant est situé de l'autre côté du chalet, mais au moins ce n'est pas en montée.

— Non, il ne peut pas venir. Il est occupé.

— Oh, d'accord. Il est probablement affairé avec des choses au bureau, supposé-je. Peut-être qu'il se joindra à nous une fois qu'il aura terminé.

— Peut-être.

Elle esquisse un sourire forcé, et j'ai du mal à imaginer comment quelqu'un pourrait décevoir cette enfant.

Ju m'aide à traverser la grande pièce du chalet jusqu'au couloir. Nous avons encore une bonne distance à parcourir, et je grimace en refoulant toute expression de douleur. Je ne veux pas l'inquiéter ni l'effrayer au point qu'elle appelle à l'aide. Je suis sûre que la douleur passera et que tout ira bien demain matin.

— Combien de temps passes-tu en vacances à Blue Sky ? demandé-je.

— En vacances ? dit-elle avec un rire. Cali, j'habite ici.

— Vraiment ? C'est génial. Je savais pas qu'il y avait des résidences dans la station.

— Eh bien, il y en a un pour les propriétaires, dit-elle.

Je tousse légèrement pour éclaircir ma gorge.

— Attends !

J'arrête de marcher, réalisant que je ne peux pas suivre la conversation tout en me déplaçant physiquement.

— Ton père, c'est Logan Henderson ?

— C'est ça.

Elle hoche la tête et me montre le couloir.

— Si on ne continue pas à marcher, on n'y sera pas avant le matin.

— Très drôle, dis-je en la poussant doucement.

Nous traversons le hall principal, et j'ai l'impression qu'il devient de plus en plus grand à mesure que le temps passe, mais nous devons encore parcourir le long couloir sinueux entre la station de ski et le chalet pour atteindre le restaurant.

— Peut-être que tu devrais nous réserver une table.

— Je ne suis pas sûre que tu y arrives, dit Ju en sortant son téléphone.

— Qui appelles-tu ? Je vais bien.

Je ne veux pas qu'elle appelle le 911 ou quoi que ce soit d'exagéré pour une cheville foulée. Ce n'est pas grave. Ce n'est pas la première fois que je suis maladroite.

— Papa, dit Ju. J'ai besoin de ton aide. Cali s'est blessée.

Une minute plus tard, elle raccroche et ses pas lourds résonnent dans le couloir.

— Ju, ça va ?

— Ça va. C'est Cali, dit-elle en me montrant. J'ai essayé de l'aider jusqu'au restaurant, mais il nous faut des béquilles ou un fauteuil roulant. Y a-t-il quelque chose que nous pourrions utiliser ?

Logan me dévisage de haut en bas.

— Votre cheville vous fait mal ?

— Ce que je peux dire, c'est qu'elle n'est pas au meilleur de sa forme, plaisanté-je.

Il ne semble pas amusé.

— Venez, je vous porte.

Il me soulève avec facilité et me porte dans ses bras.

— Monsieur Henderson, ce n'est pas nécessaire, dis-je en essayant de réprimer un rire.

Je suis blottie contre son torse et il dégage une agréable odeur de pin et de chêne. Ses biceps sont imposants et sa poitrine est aussi solide qu'une roche, et je ressens sa présence sans même le voir.

— Passez votre bras autour de mon cou, dit-il en me portant avec une aisance déconcertante dans le couloir.

En moins d'une minute, nous sommes déjà au restaurant. Nous évitons la longue file d'attente des clients qui attendent pour une table.

Quelques personnes manifestent leur mécontentement en grognant alors qu'il m'emmène à l'arrière du restaurant. Là, se trouve une banquette normalement prévue pour quatre personnes, avec un carton indiquant « Réservé ».

Je suppose que c'est pour lui et sa fille.

Il me dépose délicatement sur la banquette, et je retire mes bras de son cou.

— Euh, merci, dis-je, me sentant troublée.

Mon estomac s'agite de papillons, et je ne sais pas vraiment pourquoi. Est-ce à cause de ses yeux sombres et mystérieux, ou à cause de la manière dont il me regarde, comme s'il lisait directement dans mon âme ?

— C'est normal, répond-il, et je sens qu'il le dit sincèrement.

Il ne veut pas que je m'inquiète à ce sujet.

— Je suis contente que vous vous joigniez à nous, dis-je.

— Gardez votre jambe élevée sur la banquette. Je vais retourner en cuisine et vous chercher de la glace fraîche.

— C'est mon père, dit Ju en souriant maladroitement en le désignant du doigt. S'il te plaît, ne le déteste pas. C'est le pire des grincheux, mais je te promets que je ne suis pas du tout comme lui. Si je fais un stage chez toi, je ne serai pas constamment de mauvaise humeur.

— J'espère bien, dis-je en riant. Je suis sûre que ton père n'est pas si terrible.

J'essaie de sourire. Quand je l'ai rencontré plus tôt, il semblait plutôt froid et distant, mais je n'avais pas encore réalisé avec qui je parlais.

Je grogne et cache mon visage avec mes mains.

— Oh mon dieu, Jul. J'ai carrément critiqué cet endroit devant ton père. Le propriétaire !

Comment diable vais-je réussir à obtenir un entretien avec lui après ce fiasco ? J'ai de la chance qu'il ne m'ait pas virée et interdite de revenir.

Il y a encore du temps pour que je sabote cette mission. Je jure que Bridget m'a envoyée ici pour se venger. Elle disait que j'avais besoin d'un changement d'air et que mes vlogs devenaient trop prévisibles pour leur site.

C'était juste un euphémisme pour dire ennuyeux.

Logan revient, portant une poche de glace enveloppée dans des serviettes en papier.

—Votre jambe devrait être surélevée, gronde-t-il.

— Je ne peux pas la surélever davantage et elle est déjà sur la banquette.

Il pose la poche de glace sur ma cheville et je grimace sous l'effet du froid et du premier contact. L'autre s'est transformée en eau chaude il y a quelques heures.

— Bon appétit, dit Logan.

— Papa, attends ! Tu es là, reste.

Sa mâchoire est ferme et crispée.

— Je vous en prie.

Je lui fais signe de s'asseoir en face de moi et à côté de sa fille, puisque ma jambe occupe le reste de la banquette.

Il soupire et cède, nous rejoignant à la table.

— J'ai beaucoup de travail, jeune fille, dit-il en lançant un regard à Ju.

Elle sourit et se tient droite, les épaules en arrière comme si elle était fière de ce qu'elle a accompli.

J'ouvre la bouche, mais je la referme aussitôt. Je dois faire attention à ce que je dis. Quand j'ai invité Ju à faire un stage, je ne savais pas que son père était le propriétaire de la station.

D'après ce que je sais de Logan Henderson, c'est un milliardaire nouveau riche, et il est célibataire. Je veux dire, je pense, vu qu'il ne porte pas d'alliance.

Je ne peux rien supposer. Il pourrait être en train de la faire ajuster.

Ju n'a pas parlé de sa mère, et ce n'est pas le moment de la mentionner.

— Je suis désolée pour tout à l'heure, dis-je en fixant Logan, espérant que nous pourrons passer outre la gêne.

Une serveuse arrive, apportant trois verres d'eau, des couverts et des menus.

Logan prend son verre et en boit une gorgée, ses yeux ne quittant pas les miens.

— Allez-y, dit-il.

Je n'avais pas l'intention de m'étendre sur le sujet, mais s'il veut d'énormes excuses, je vais me résigner et les lui donner pour satisfaire son ego.

Même si ce n'est pas la seule chose que j'aimerais satisfaire.

Je me mords la lèvre inférieure, essayant de dompter les pensées parasites.

Il a une fille adolescente. Pour ce que j'en sais, il pourrait être heureux en ménage. Mais sa femme n'est en tout cas pas descendue pour le dîner.

C'est intéressant.

Il est peut-être célibataire.

Logan hausse un sourcil quand je ne dis rien.

— Vous disiez.

Il m'encourage à poursuivre mes excuses.

Salaud.

Je n'ai même pas envie de continuer à m'excuser, parce que s'il a besoin qu'on flatte son ego, alors quel genre d'homme est-il ?

— Je disais que j'étais désolée d'avoir trop parlé tout à l'heure. Parfois, je laisse mes mots dépasser ma pensée.

Ju s'esclaffe.

— Je l'aime bien, papa.

— Bien sûr que tu l'aimes, murmure-t-il.

Je laisse échapper un soupir bruyant. Je n'ai pas invité Logan à dîner pour me disputer avec lui. En fait, techniquement, je n'ai pas spécifiquement invité qui que ce soit à dîner. J'ai simplement convié le père de Ju. Je n'avais tout simplement pas réalisé qu'ils étaient une seule et même personne.

Oups. Embarrassant. Peut-être que je devrais simplement me jeter sans équipement sur les pistes de ski.

— Enfin bon, dis-je, essayant de changer de sujet. Votre fille me disait qu'elle s'intéresse à ce que je fais pour gagner ma vie.

Logan continue de siroter son eau, puis la pose sur la table, son regard se faisant plus intense.

— Je ne qualifierais pas ce que vous faites de choix de carrière. Dites à ma fille que ce n'est pas un moyen de subsistance et qu'il y a de meilleures opportunités ailleurs.

Sa franchise me surprend.

— Vous méprisez ce que je fais, dis-je, un brin défensive.

— Comme je l'ai dit, ce n'est pas viable à long terme.

— Je vis confortablement, répliqué-je. Ce n'était pas facile, et le travail indépendant n'a pas été très lucratif dans mon cas, mais si tu choisis de travailler pour la bonne agence ou la bonne entreprise, tu peux faire six chiffres.

— Ne bourrez pas la tête de Julianna avec des idées irréalistes, rétorque Logan. Il n'est pas possible que vous fassiez six chiffres par an.

— Vous voulez voir mes relevés bancaires ? répliqué-je avec un sourire ironique.

Je n'ai aucune intention de les lui montrer, même s'il acceptait.

Son expression devient sombre et ses narines se contractent légèrement.

— Ce n'est pas nécessaire.

— Vous ne m'aimez pas, M. Henderson.

— Qu'est-ce qui vous fait penser ça ? Était-ce vous qui critiquiez le magasin, notre rénovation, ou qui vous êtes jetée par terre pour attirer l'attention ?

Je ris à sa suggestion.

— J'ai peut-être laissé entendre que les prix de votre magasin sont au-dessus de la moyenne et que la distinction entre le chalet de ski et le complexe était déroutante. Mais je ne me suis certainement pas jetée par terre pour attirer l'attention de qui que ce soit, et encore moins la vôtre.

Logan se lève brusquement.

— Papa, où vas-tu ? demande Ju d'une voix tremblante.

— Là où j'aurais dû aller après avoir été chercher de la glace pour ton amie, lance-t-il avec mépris.

J'ouvre la bouche pour répliquer, mais je la referme rapidement. Il est évident que je n'aurai pas mon entretien ce soir. Cet homme est de mauvaise humeur et irritable. Ça n'aide pas qu'il soit aussi plutôt séduisant, avec ses cheveux noirs et sa barbe, plus longue que les cheveux soignés sur sa tête.

Il est canon, mais il n'est pas mon genre.

Arrogant.

Insolent.

Milliardaire.

Non, je ne cours pas après les hommes, encore moins après ceux qui me méprisent. Et ce grincheux me déteste cordialement. Il pourrait parfaitement être un homme des montagnes, tout reclus, évitant la civilisation. Ça serait plus approprié que gérant d'une station de ski.

Comment diable en est-il arrivé à posséder le Blue Sky Resort ?

Je le laisse s'éloigner à grands pas, et Ju a l'air désolée.

— Je suis vraiment désolée, Cali.

— C'est pas grave, dis-je en levant les mains. Mais tu pourrais me rendre un service ?

Ses yeux s'illuminent.

— Bien sûr, tout ce que tu veux.

— J'ai besoin de filmer des vidéos pour ma chaîne. Tu pourrais m'aider ?

Je ne sais pas trop quels sont les meilleurs endroits pour filmer, et j'aimerais avoir des images des coulisses. Avec l'aide de Ju, je pourrais peut-être accéder à des zones où je n'aurais normalement pas accès.

— Évidemment, mais on ne doit pas le dire à mon père.

Je rentre les lèvres et fais semblant de les fermer à clé.

On ne devrait pas cacher de secrets à son père. C'est un mauvais départ pour gagner sa confiance et obtenir une entrevue en tête-à-tête.

Mais j'ai encore plus besoin de l'aide de Ju, étant donné que je ne peux pas mettre de poids sur ma cheville.

— C'est bon. Je ne crois pas que ton père m'aime beaucoup.

Elle rit.

— Il est comme ça avec tout le monde, pas seulement avec toi.

Je veux lui demander s'il est célibataire, mais ça ne semble pas approprié. Pourquoi ai-je même besoin de savoir, en dehors d'une curiosité lancinante ? Il est magnifique, avec ses tatouages et son caractère bourru. Il y a quelque chose de brut et de sexy en lui qui me fait fondre.

C'est peut-être pour ça que j'ai trébuché. Je regardais par-dessus mon épaule. Je croyais l'avoir vu dans le couloir, mais je me trompais. C'était quelqu'un d'autre en jean bleu et en tee-shirt gris foncé.

Cet homme est absolument irrésistible.

Je ne devrais pas avoir ces pensées à son sujet.

Il est arrogant.

Borné.

Casse-pieds.

Même s'il m'a portée dans le couloir et m'a posée délicatement dans la banquette, rien que d'y repenser fait rougir mes joues et fait danser les papillons dans mon estomac.

— Ça va, Cali ? Ton visage est tout rouge.

Je saisis mon verre d'eau, espérant me rafraîchir.

— Ça va, c'est juste que ça fait un moment que je n'ai rien mangé.

Ou rien fait d'autre, mais je garde cette dernière pensée pour moi.

CHAPITRE TROIS

LOGAN

Je me réveille tôt, avant même que le soleil ne se lève. Julianna, vêtue de son pyjama, fait irruption dans mon bureau. Elle porte un pantalon de flanelle qui la dépasse un peu et un haut rouge foncé assorti. Ses yeux trahissent la fatigue, tandis qu'elle tient une tasse de café dans les mains. J'aurais bien besoin d'une bonne dose de caféine ce matin.

Je relève les yeux de mes documents, parcourant pour la troisième fois les chiffres alignés devant moi. J'ai bien un comptable pour m'aider et vérifier toutes les données, mais je préfère garder un œil attentif sur les chiffres, désirant avoir une idée précise des flux financiers entrants et sortants.

— Oui ? demandé-je alors qu'elle me tire de ma concentration.

— Est-ce que ça te dérange si j'invite une amie de l'école aujourd'hui ?

Un sourire éclaire mon visage.

— Je serais ravi de rencontrer l'une de tes amies.

Depuis que nous avons déménagé ici cet été, Julianna n'a pas vraiment eu l'occasion de se faire des amis, du moins pas en dehors de l'école. Mais avec les vacances d'hiver qui viennent de débuter, j'espère qu'elle pourra profiter un peu plus de son temps libre à la station au cours des prochaines semaines.

— Izzie est sympa, et elle dit qu'elle sait faire du snowboard.

— Un de ses parents devra signer une autorisation, précisé-je.

— Je sais, papa. Ne t'inquiète pas. Izzie est super douée sur les pistes.

— Même ainsi, il faut une autorisation parentale et un formulaire rempli.

Julianna lève les yeux au ciel et souffle.

— D'accord. Je m'assurerai qu'elle le fasse.

— Et j'aimerais bien rencontrer ses parents.

— Oh mon Dieu ! Pourquoi est-ce que tu dois être aussi gênant ?

— Gênant ? demandé-je en secouant la tête.

Je pose mon stylo et place mes mains sur le bureau. Depuis quand mon adolescente est-elle devenue si complexe ?

— Embarrassant, explique-t-elle.

Je me lève et contourne mon bureau.

— Tous les parents sont gênants quand on a quinze ans.

Je prends ma fille dans mes bras, et elle réagit comme si c'était la pire des tortures.

— Pas tous. Les parents d'Izzie sont cool. Ce sont des enquêteurs privés, des négociateurs en situations d'otages. Ils sauvent des vies.

Je relâche mon étreinte autour de Julianna.

— Comment s'appelle son père ?

— Je ne sais pas. Ils travaillent tous les deux pour la société.

— Eh bien, quand sa mère ou son père la déposera à la station, j'aimerais les rencontrer.

— D'accord.

Elle roule les yeux et sort de mon bureau.

L'odeur du café de Julianna flotte encore dans l'air, même en son absence. Je prends ma tasse vide et descends au salon. Cali est assise devant la machine à café, un livre entre les mains. Ses cheveux sombres encadrent son visage, et j'essaie de passer sans avoir à échanger de politesses.

— Merci encore pour hier soir, déclare-t-elle.

Je jette un coup d'œil par-dessus mon épaule alors qu'elle pose son livre, un sourire éclatant illuminant son visage.

— C'était rien.

Je saisis le code de la machine à café et attends qu'elle prépare un latte.

— Me porter dans le couloir n'était pas rien, insiste-t-elle, voulant que je reconnaisse sa gratitude.

— Comment va votre cheville ce matin ?

Son pied est posé sur un repose-pied, mais elle n'a pas mis de glace.

— Mieux.

Elle remonte le bas de son pantalon pour montrer un bandage.

— Je suis un peu maladroite.

Son sourire illumine la pièce, et tout ce que je veux, c'est me replonger dans l'obscurité de mon bureau.

Pourquoi suis-je si maussade ? Le déménagement était censé me recentrer et m'aider à tourner la page après Jess, cette femme qui m'a brisé le cœur quand je l'ai surprise avec un autre homme dans mon lit.

Je force un sourire.

— Vous devriez peut-être jeter un coup d'œil aux ballerines dans le magasin.

— Non, merci. Pas besoin de dépenser pour une paire de chaussures hors de prix et inconfortables de votre magasin.

— Elles sont en réalité très confortables. Julianna a aidé à choisir les chaussures pour femmes que nous vendons.

— Eh bien, peut-être que je vais jeter un coup d'œil si c'est votre fille qui gère l'inventaire.

Elle retire son pied du repose-pied et me fait signe de m'asseoir.

Pense-t-elle que j'apprécie de converser avec elle ? Je saisis mon latte terminé et songe à le changer pour un café noir.

— Asseyez-vous.

— J'ai du travail, dis-je en jetant un coup d'œil à ma montre.

— Vous aurez toujours du travail. Libérez du temps pour vos invités.

Debout face à elle, je pousse un soupir exaspéré et prends une gorgée de ma boisson.

— Vous devriez surélever votre cheville. Je ne vais pas m'asseoir.

— D'accord, dit-elle avec un soupir agacé, puis elle replace sa cheville sur le repose-pied. Vous êtes toujours aussi têtu ?

— Êtes-vous toujours aussi exigeante ? plaisanté-je.

Un large sourire illumine son visage.

— Oui, absolument. Nous n'avons pas vraiment commencé du bon pied.

Elle grimace à ses mots.

— Pouvons-nous recommencer à zéro ?

— Ce n'est pas si grave, affirmé-je.

— Cela l'est pour moi. Votre fille est brillante et a des idées géniales. Elle me montrait ses vidéos sur son téléphone, et je suis sérieuse quand je dis que je veux lui offrir un stage chez moi.

— Et je suis sérieux quand je dis que je ne laisserai pas gâcher son talent en devenant influenceuse. Je suis heureux que cela fonctionne pour vous, mais ma fille a besoin de plus de structure. Elle ne peut pas se laisser distraire à courir après les papillons et à promouvoir la prochaine grande tendance pour les jeunes esprits.

— Est-ce vraiment ce que vous pensez que je fais ? demande Cali.

Son front se plisse, et je suis sûr de l'avoir offensée, bien que ce fût involontaire. Elle ne peut pas contrôler son métier.

— J'ai travaillé avec des influenceurs par le passé. Ils sont souvent jeunes et intelligents, mais ils ont tendance à lier leur estime de soi à leur nombre d'abonnés. Je ne veux pas ça pour ma fille.

— Accordez-moi une entrevue, et alors vous pourrez émettre un jugement éclairé sur mon travail.

— Vous n'aurez pas d'entrevue, dis-je en finissant le reste de ma boisson d'une gorgée. Vous avez plus de chances de filmer un ours en train de faire du snowboard en descente que de me voir vous parler devant une caméra.

Un sourire se dessine sur son visage.

Elle me trouve drôle.

— J'obtiendrai cette entrevue, M. Henderson.

Je ne prends même pas la peine de la corriger et de lui dire qu'elle n'y arrivera pas, du moins tant que je serais en vie. Je n'aime pas être exposé médiatiquement. Je fuis les projecteurs.

— J'ai du travail, dis-je, quittant le salon sans même dire au revoir.

J'ai l'impression de sentir la chaleur de son regard pendant que je quitte la pièce.

— Papa !

Julianna accourt vers moi.

— Je te cherchais. Izzie est là avec sa mère.

Je suis Julianna à travers le couloir jusqu'à l'entrée principale. Izzie a une touche punk avec sa veste en cuir noir et sa jupe en denim. Son épais trait d'eye-liner noir met en valeur ses yeux bleus.

— Bonjour, je suis Logan, dis-je en tendant la main pour me présenter.

— Ariella, dit la femme. Voici ma fille, Izzie.

— Belle-fille, ajoute Izzie avec un sourire. S'il vous plaît, ne nous dites pas qu'on se ressemble.

Je n'y aurais même pas pensé. La gamine est punk gothique, et la femme est plutôt classe. Je peux comprendre. Dois-je m'inquiéter que cette phase puisse influencer ma fille ?

— Izzie a mentionné que vous aviez besoin que je signe un formulaire d'autorisation ?

Je lève un sourcil.

— Ce n'est pas l'école, mais j'ai besoin qu'un parent ou un tuteur signe une décharge de responsabilité. C'est une exigence pour tous les invités.

— Nous vous suivons.

J'accompagne Ariella jusqu'à notre bureau d'enregistrement où je saisis les formulaires derrière le comptoir et les lui tends.

— Est-ce que vous deux vous joignez à nous aujourd'hui ?

— Non, juste moi, dit Izzie, regardant sa belle-mère remplir les formulaires. Je fais ça depuis que je suis gamine.

Après le départ d'Ariella, je m'assure que les filles sont prêtes pour aller skier seules. Izzie a passé de nombreuses heures à faire du snowboard dans la station, bien avant que je ne la possède. C'est un soulagement de ne pas avoir à m'inquiéter pour elles.

Je rappelle aux filles de rester ensemble sur les pistes avant de partir voir le reste du personnel.

Cali entre dans la boutique, et j'observe depuis le couloir, curieux de voir si elle va encore critiquer nos prix.

Je devrais retourner à mon bureau et ignorer cette femme qui ne m'a apporté que des maux de tête.

Au moins, Julianna est occupée avec son amie aujourd'hui et ne parle pas de Cali et de sa présence sur les réseaux sociaux. Peut-être devrais-je me barricader dans mon bureau et ne pas en sortir tant qu'elle ne quittera pas la station.

Quand elle se dirige vers la caisse avec une boîte en main, je prends cela comme un bon signe qu'elle ne manifeste pas d'hostilité envers mon personnel.

— Tu restes toujours planté dans le couloir à observer les jolies femmes ? demande Wyatt.

Je lui lance un regard noir.

— Je ne vois pas de quoi tu parles.

Est-ce si évident ?

— Menteur, dit Wyatt en riant. Ju m'a parlé de ton accrochage avec Cali Sinclair. Tu comptes l'enjôler pour qu'elle écrive un article élogieux sur la station ?

— Cela serait contraire à l'éthique, grogné-je.

— Mais tellement amusant, rétorque Wyatt. Je ne t'ai jamais vu aussi intéressé par une fille.

Je hausse un sourcil et me tourne vers lui.

— Jess n'était pas la bonne pour toi. Oui, elle t'a donné Julianna, mais c'est tout. Tu mérites d'être heureux, dit-il.

Je grogne à sa remarque. Je ne mérite rien.

— Peut-on ne pas parler de Jess ? Son nom me donne la nausée.

Wyatt sourit comme s'il venait de toucher un point sensible.

— Vas-tu l'inviter à sortir ? Parce que si tu n'es toujours pas intéressé par les rencontres, je serais ravi de la rencontrer.

Je grogne et saisis son T-shirt, le poussant en arrière de quelques pas contre le mur.

— Tu es vraiment un enfoiré.

— Parce que j'apprécie une fille ? demande Wyatt.

— Parce que tu suggères un plan d'un soir. Tu ne la connais même pas. Elle pourrait être marié.

— Ju m'a dit le contraire.

Cela attire mon attention. Pourquoi diable ma fille connaît-elle le statut amoureux de Cali ?

— Quoi qu'il en soit, mon établissement n'est pas un lieu de rencontres. Garde ton pantalon.

— Wow, tu n'es pas obligé d'être désagréable.

Wyatt esquisse un sourire en coin et se penche un peu plus près.

— Si tu es intéressé, il te suffit de le dire. Je ne t'ai jamais vu jaloux auparavant, et ça ne te va pas.

— Retourne au travail, grogné-je en m'éloignant de lui.

Les pas légers de Cali se rapprochent et je me retourne pour la voir s'approcher de moi.

— Êtes-vous toujours aussi grognon avec vos employés ?

Wyatt jette un coup d'œil par-dessus son épaule, captant une partie de la conversation, et je lui lance un regard pour qu'il continue d'avancer.

— Cet employé est mon frère, murmuré-je.

— Oh wow.

Les yeux de Cali s'illuminent.

— Est-il aussi copropriétaire ?

Si elle essaie de l'interroger pour une entrevue et qu'il accepte, je l'affecte indéfiniment aux toilettes.

— Non. Il travaille pour moi.

Je me racle la gorge et détourne la conversation loin de son intérêt pour Wyatt.

— Nouvelles chaussures ?

Elle porte des bottes doublées de fourrure. Ce sont des chaussures plates, ce qui devrait la protéger d'une nouvelle blessure. Elles sont beiges et modernes. Rien qu'elle puisse porter sur les pistes, mais je n'attends pas à ce qu'elle sorte de sitôt après sa récente blessure à la cheville.

— J'ai suivi votre conseil et me suis acheté une paire. J'ai également utilisé votre rabais.

— Mon quoi ?

— Vous savez, quand vous couchez avec le patron.

Elle esquisse un sourire en coin et me fait un clin d'œil avant de se retourner et de se diriger vers le couloir.

Ma mâchoire tombe, et il me faut une minute pour la rattraper. Je suis stupéfait par son commentaire.

— Nous n'avons pas couché ensemble. Vous vous êtes cognée la tête ? dis-je en arrivant à son niveau.

— Non, mais j'ai eu une belle réduction.

Le sourire de Cali est éclatant.

— Et votre employé derrière la caisse a été très compréhensif envers moi. Apparemment, vous êtes grincheux avec tout le monde.

— Ce n'est pas vrai.

Pourquoi cette femme me tourmente-t-elle ? Wyatt l'a-t-il engagée pour venir à la station et me pourrir la vie.

— Vous ne le croyez pas ? Allez lui demander.

Cali esquisse un large sourire, et d'une manière ou d'une autre, ma disposition grognon semble ne pas l'affecter. Comme si elle était immunisée contre moi. C'est probablement mieux ainsi.

— Je n'ai pas besoin de lui demander quoi que ce soit. Si vous continuez ces pitreries, je devrais vous demander de quitter la station.

— Vous ne pouvez pas me virer. Si vous le faites, je m'assurerai d'écrire la critique la plus cinglante sur la station. Ça vous détruirait.

La femme me menace. Je suis choqué qu'elle pense avoir le pouvoir de me faire tomber.

— Bonne chance pour trouver quelqu'un qui lira votre petit blog.

— Vous ne savez vraiment pas qui je suis, dit Cali.

— Devrais-je le savoir ? demandé-je.

Julianna me l'a mentionné hier, mais je ne m'en souviens pas et je m'en fiche.

Elle esquisse un sourire en coin, mais ne dit rien de plus.

— Ça n'a pas d'importance.

Elle s'éloigne dans le couloir, et il est impossible de ne pas regarder son postérieur parfait alors qu'elle balance ses hanches.

Je jure qu'elle le fait pour voler mon attention, et ça marche. Je dois rester loin d'elle. Elle a le genre de corps qui s'adapterait parfaitement au mien. Je la plaquerais sous moi, lui montrerais qui est aux commandes.

Je parie qu'elle gémit bruyamment quand elle jouit, la sueur recouvrant chaque centimètre de sa peau nue, la tête inclinée en arrière, les yeux clos.

Je ne peux pas la laisser m'affecter et pénétrer dans ma tête. Coucher avec elle ne serait pas approprié. C'est une cliente, et je gère la station. C'est le dernier type de critique dont j'ai besoin qui apparaisse n'importe où.

Cali passe devant le bureau de location d'équipement que Wyatt gère. Il lui sourit, et j'ai envie de grogner après lui pour prêter même attention à elle.

Elle m'appartient.

CHAPITRE QUATRE

CALI

Je n'ai pas dit au gamin à la caisse que je couchais avec Logan, mais j'ai demandé s'il y avait un rabais amis et famille.

Pour la petite histoire, il n'y en avait pas.

Les chaussures ont fait sauter mon budget jusqu'à ma prochaine paie, mais je ne pouvais pas prendre le risque d'une autre entorse de la cheville.

A la base, pourquoi ai-je eu cette idée lumineuse de porter des talons dans une station de ski ?

Mon téléphone vibre pendant que je retourne dans ma chambre. Je jette un coup d'œil à l'appelant. C'est Bridget, ma boss.

Elle appelle sûrement pour voir où j'en suis avec mon entretien. Je n'ai rien posté en ligne depuis mon arrivée, ce qui n'est pas top. Elle aime que nous soyons actifs sur les réseaux, et vu que nous postons généralement plusieurs fois par jour, mon boycott des réseaux sociaux ne nous fait pas de bien.

— Salut, dis-je, en me mordant la lèvre inférieure.

— Cali, comment ça se passe ? Je n'ai pas vu d'activité en ligne de ta part.

Elle va droit au but. Je frotte mes yeux. J'aimerais plutôt m'allonger et piquer un roupillon que de me mettre devant la caméra maintenant et faire une vidéo. Et Logan ne va pas me laisser le filmer. Du moins pas volontiers.

Et sa fille est mineure. Même si j'adorerais qu'elle m'aide, je ne peux pas la mettre en caméra sans l'accord de son père. Nous ne voulons pas nous retrouver avec des poursuites.

— J'essaie de voir le proprio.

— Logan Henderson ? demande Bridget. C'est si dur de le trouver ?

— Oh, il est toujours dans les parages, dis-je un peu trop fort.

— Je ne comprends pas, Cali.

Je grimace et prends une grande inspiration.

J'expire.

J'essaie de rassembler mes idées avant de finir virée.

— Logan est super. Il n'est juste pas vraiment d'accord pour une interview avec nous ou qui que ce soit d'autre.

— Je me fiche de comment tu obtiens l'interview, mais je ne t'ai pas envoyée à la station pour des vacances gratuites. Fais ton boulot.

Je lève les yeux au ciel, reconnaissante qu'elle ne puisse pas voir mon expression.

— Je fais ce que je peux pour me rapprocher de M. Henderson. J'essaie de mettre en place un plan en ce moment.

— Quel genre de plan ?

Bridget s'anime à l'idée que je travaille et que je récolte des infos.

— Il a une fille. Elle a quinze ans et elle sait qui je suis.

— Intéressant.

Je suis sûre qu'il y a un sourire narquois sur son visage.

— Exploite ça. Il est célibataire ?

— Je n'en sais rien.

Je n'ai pas vu d'alliance, mais ça ne veut pas dire qu'il n'est pas en couple. Je me tais sur l'incident avec les chaussures plus tôt au magasin.

Pas mon moment le plus brillant.

J'essayais de flirter avec lui. Le mec est canon, avec des tatouages sombres sur les bras et une personnalité ombrageuse. Je ne peux pas m'empêcher d'imaginer ce que ce serait d'être dominée par lui au lit. Il n'a pas l'air du genre à prendre son temps ou à être tout doux.

Je ne m'en plaindrais pas. J'adorerais me retrouver sous lui, les bras autour de son cou, les jambes autour de ses hanches, le tenant comme un étau.

Je baisse le chauffage dans ma chambre d'hôtel. La chaleur est étouffante.

— Eh bien, renseigne-toi, et s'il l'est, propose-lui de prendre un verre. Tu peux le payer avec la carte de la boîte. Mais j'ai besoin de cette interview.

— Il ne va pas me laisser le filmer.

— Ce n'est pas grave. Il n'a pas besoin d'être à l'écran. Enfin, ce serait mieux si tu pouvais le filmer en train de sortir de la piscine de l'hôtel, tout dégoulinant. J'ai vu sa photo, Cali. Le type est un bonbon.

Je me mords la langue pour ne pas lui dire qu'il n'est pas juste beau, il est aussi Grincheuxlicieux. Mais cela ne m'aiderait pas dans ma situation.

— Tu suggères que je fasse la plante verte près de la piscine ? plaisanté-je à moitié.

Je pourrais glander en maillot de bain et lire toute l'après-midi, en attendant un aperçu de Logan.

— Fais ce que tu as à faire.

Nage-t-il dans la piscine de l'hôtel ? Peut-être qu'il a une petite piscine en haut, dans la suite penthouse où il habite.

Je me demande s'il y a un moyen pour moi de monter et de vérifier ça. Julianna ne risque pas de me laisser monter, et il n'y a aucune chance que Logan m'invite dans sa suite. Il préférerait presque que je dorme dehors dans la neige.

Je raccroche avec Bridget et glisse mon bikini sous mes vêtements. Au cas où j'aurais l'opportunité de prendre une photo rare de Logan Henderson en maillot. Je préférerais qu'il nage nu.

Mais bon, c'est peu probable dans la piscine de l'hôtel où les clients ont le droit d'aller.

Je prends une serviette et descends à la piscine. Quelques gosses bruyants barbotent et éclaboussent, trempant les chaises longues. La plupart sont assez jeunes, et leurs parents sont dans la salle, pas vraiment en train de les surveiller.

Optant pour ne pas me faire tremper par les gosses, je prends le couloir et aperçois Logan dans la salle de fitness. Il soulève des poids, et je ne peux pas m'empêcher de me placer près de la vitre et de le fixer.

Les secondes passent, et je devrais continuer à avancer. Mais je reste plantée. Il est beau et sexy comme pas possible. Son visage est rouge, les veines sur ses bras gonflent à chaque flexion.

C'est pas la seule veine dont je suis en train d'imaginer le gonflement. Je ne devrais pas avoir de pensées aussi illicites à propos de Logan. C'est problématique. Complètement interdit. Coucher avec le proprio d'une station ne va qu'influencer mon avis. Je veux rester pro.

Sauf si je devais écrire un avis sur son sex-appeal ou sur ses performances au lit.

C'est une bête, et plus je le fixe, plus je me sens coupable quand il capte mon regard. J'ouvre la bouche, réalisant que mes yeux doivent être grands comme ceux d'une biche, et je me précipite dans le couloir, en faisant semblant de pas avoir été plantée là à le reluquer.

Y a-t-il une chance qu'il ne l'ait pas remarqué ?

Avec ma serviette à la main, je me dirige vers les ascenseurs, et Ju me fait signe avec enthousiasme. Elle n'est pas seule. À côté d'elle, il y a une fille à peu près du même âge, mais avec des cheveux plus foncés et un look punk gothique. Elle pourrait carrément être dans un groupe de musique. Elle dégage une vibe de rockstar.

— Cali ! Voici ma petite amie, Izzie.

Izzie fait un sourire de côté et fronce le nez.

— Petite amie ?

— Quoi ? demande Jul, en regardant son amie.

— Je croyais qu'on en parlait pas. C'était juste entre nous deux, chuchote-t-elle.

— Détends-toi, elle est cool, et elle va pas tout raconter à mon père. Il la déteste.

Izzie ricane et fourre ses mains dans ses poches.

— Tu vas à la piscine ? demande-t-elle en hochant la tête vers la serviette dans ma main.

Elle est sèche, tout comme le reste de mon corps. Enfin, la plupart de mon corps.

J'aurais bien aimé me tremper dans l'eau pour me rafraîchir s'il n'y avait pas plein de gamins dedans.

— J'y pensais, mais je me suis fait distraire, dis-je alors qu'elles me guident vers la piscine et me fait traverser le couloir où je viens de regarder Logan soulever des poids.

Il sort de la salle de fitness, une serviette autour de son cou, torse nu.

Est-ce qu'il essaie de me donner une crise cardiaque ?

Je trébuche, attentive à rien d'autre qu'à l'homme aux abdos en béton devant moi.

Mes pieds glissent et je bascule en avant vers le sol. Mais Logan me rattrape, son bras autour de ma taille, me collant à son torse, m'empêchant de toucher le sol.

— Merci, dis-je.

Et si j'étais pas déjà embarrassée avant, maintenant je suis humiliée.

— Je devrais partir.

J'essaie de me démêler de ses bras, mais il me lâche pas.

Il jette un coup d'œil à mes pieds. Les bottes que je viens d'acheter sont toujours bien en place.

— Les bottes sont-elles trop grandes ? demande-t-il, et ses mains glissent de ma taille jusqu'à mes pieds, vérifiant s'il y a trop d'espace pour mes orteils dans les chaussures.

— Elles sont très bien.

Quelques clients à proximité s'esclaffent et je prends une respiration brusque.

Ils sortent leurs caméras comme s'ils essayaient de nous rendre service en enregistrant cet événement. Mais c'est pas ce qu'ils pensent. Il est peut-être à genoux, mais il ne fait pas de demande en mariage.

Il appuie avec deux doigts sur le dessus de mes chaussures, découvrant que les bottes sont en effet bien ajustées comme elles le devraient.

Logan lève les yeux, remarquant les clients qui se pressent dans le couloir et nous regardent.

— Rien à voir ici.

Il les écarte tous d'un geste, mais ce n'est que lorsqu'il se lève qu'ils décident de le croire sur parole et de continuer leur chemin.

Ju et son amie Izzie échangent des sourires et des gloussements avant de se dépêcher dans le couloir, nous laissant tous les deux derrière.

— Eh bien, c'était gênant, dis-je en serrant la serviette blanche contre ma poitrine.

— Les gens sont tellement curieux, marmonne Logan en passant une main dans ses courts cheveux sombres. Ça va ?

— Je ne suis pas tombée, souligné-je, appréciant qu'il m'ait rattrapée. Ça va.

— Peut-être que vous devriez vous faire examiner par un médecin.

— Pourquoi ? Je vais bien.

— Vous êtes tombée deux fois, une fois en vous blessant. La deuxième aurait pu être pire si je n'étais pas là.

S'il n'avait pas été là, je ne serais pas tombée. Mon attention était sur le fait qu'il était torse nu et sexy comme pas possible.

— Nous avons un médecin sur place. Je peux vous y emmener pour être sûr que vous ne vous êtes pas cognée la tête.

— Je vais bien, promis. C'est juste ma cheville, et ça va mieux. Peut-être que je l'ai remise en place.

— Impossible, dit-il, son regard ne faiblissant jamais.

Je détourne les yeux, son regard est trop brûlant et intense pour moi. On dirait qu'il regarde directement dans mon âme.

— Faites-moi plaisir. Si le médecin dit que tout va bien, je vous fiche la paix.

— Non, si c'est le cas, vous m'offrez le dîner.

Ses yeux se plissent de malice.

— Vous m'invitez à sortir, beauté ?

Au moins, il ne m'appelle pas « maladroite ».

— Je n'oserais jamais, Grognon.

— Plus jamais ce surnom, souffle-t-il.

— Alors arrêtez d'être ronchon.

Il grogne et se penche. J'ai l'impression qu'il va m'embrasser. Peut-être parce que j'ai envie qu'il m'embrasse. Mes lèvres frémissent, et il me soulève, son bras venant sous mes jambes alors qu'il me porte.

— Lâchez-moi !

Je ris, et si hier, quand il m'a portée, c'était romantique parce que ma cheville me faisait mal, aujourd'hui, je suis embarrassée par l'attention qu'il me porte.

— Seulement après vous avoir fait examiner, dit-il.

Pendant un moment, je pense qu'il va me lâcher. J'enroule mes bras autour de son cou. C'est le geste le plus romantique qu'un homme ait jamais fait pour moi, me porter, et il l'a fait deux fois.

Il y a le silence entre nous et le brouhaha dans les couloirs alors qu'il me porte dehors.

Je ronchonne à cause du froid, grimaçant. Le médecin ne pouvait-il pas être dans le bâtiment principal ?

Je frissonne, me collant davantage à Logan.

— Désolé, on y est presque, marmonne-t-il alors qu'on approche de la porte, et il recule avec ses fesses, appuyant sur le bouton pour handicapés pour ouvrir la porte automatiquement.

Il me porte jusqu'au centre médical avec facilité. Il y a une petite salle d'attente devant, et il me pose sur l'une des chaises.

— M. Henderson, comment puis-je vous aider ? demande la réceptionniste.

— Cali est tombée hier. Elle s'est tordue la cheville et a failli retomber en marchant dans le couloir. J'aimerais que le médecin l'examine et vérifie qu'il n'y a pas de problème neurologique.

— Ma tête va bien. C'est vous qui avez un balais dans le cul. Peut-être que vous devriez voir un médecin pour savoir à quelle profondeur il a été enfoncé.

Je peux pas m'empêcher d'être sarcastique, et Logan se retourne en penchant la tête, les yeux grands ouverts. Il a l'air choqué, ou il est horrifié par ma remarque.

A quoi s'attendait-il ? Je ne peux supporter qu'une petite dose de sa mauvaise humeur. À moins qu'on parle de sexe, là je pourrais supporter cent pour cent de lui en moi.

Mon regard parcourt son corps et descend jusqu'à son jean moulant.

La réceptionniste force un sourire.

—Et si on faisait examiner votre état par le médecin pour s'assurer que tout va bien.

Avec deux paires d'yeux qui me regardent, c'est difficile de dire non.

— Vous me devez un dîner, dis-je en pointant Logan du doigt.

— Ce serait un honneur.

D'une manière ou d'une autre, je n'ai pas l'impression qu'il le pense. Il fait le show pour la réceptionniste.

Pourquoi ? Il craint peut-être qu'elle lance une rumeur à propos de lui couchant avec une cliente ? Je suis sûre qu'il y a de meilleurs potins dans la station.

— Vous avez besoin d'un fauteuil roulant ? demande la réceptionniste.

— Non, je peux marcher, dis-je, et je me lève.

Je tangue légèrement, et il me faut quelques secondes pour que mes pieds comprennent qu'ils sont de retour sur terre.

La réceptionniste qui est également infirmière m'accompagne dans l'une des chambres, et Logan reste près de la réception.

Elle prend ma tension artérielle, mon pouls et ma température avant de disparaître de la pièce et de me laisser seule.

Ma tension artérielle est un peu basse, mais ce n'est pas inhabituel pour moi. J'ai toujours eu une basse tension.

Quelques minutes plus tard, un homme entre dans la pièce en déambulant.

— Bonjour, je suis le Dr. Reynolds, dit-il. J'ai entendu dire que vous êtes tombée et que vous vous êtes fait mal à la cheville.

— Ma cheville va mieux. J'ai tendance à être maladroite, et l'ogre dans le couloir a insisté pour que je me fasse examiner.

Il hausse un sourcil curieux.

— Ogre ?

— Logan Henderson.

— Mon patron.

Il sourit et rit. Il a à peu près l'âge de Logan, mais ses cheveux sont un peu plus poivre et sel, et il a moins de barbe.

— Je vais examiner votre cheville, et si vous le pouvez, j'aimerais que vous marchiez un peu dessus.

— D'accord, dis-je.

Il regarde ma cheville, satisfait qu'il n'y ait pas de gonflement et que ça ne fasse pas mal quand il la touche ou essaye de me la faire bouger. Il me fait me lever.

— Pouvez-vous aller de l'autre côté de la pièce et revenir ?

C'est un petit espace, seulement quelques pas, donc je fais ce qu'il dit.

— Bien. Maintenant, j'aimerais que vous marchiez en ligne droite. Du talon à l'orteil.

— Facile, dis-je, mais quand j'essaie de faire ce qu'il demande, ma démarche chancelle, et je tangue.

Ses mains se lèvent pour s'assurer que je tombe pas, mais je me rattrape.

— Vous avez des problèmes d'équilibre ? demande le docteur Reynolds.

— Pas que j'ai remarqué.

— Tenez-vous avec les pieds joints.

Je fais ce qu'il dit, et plus je reste debout, plus je tangue vers la gauche, écartant les jambes pour pas tomber.

— Ça ne doit pas être normal, dis-je.

Il ne répond pas à ma remarque.

— C'est à cause de ma cheville tordue. Non ?

— Asseyez-vous, dit-il, en désignant la chaise.

Il me fait suivre une lampe stylo et pas mal d'autres choses. Il n'indique rien de spécifique.

— Vous avez fait du ski ?

— Non, je sais pas skier. Je n'ai jamais essayé.

— Avez-vous un médecin traitant ?

— Chez moi. Je ne vis pas par ici.

— Je vous recommande de faire un suivi avec votre médecin traitant quand vous rentrerez chez vous. Ça pourrait être lié à l'oreille interne, ou ils pourraient vous conseiller un neurologue.

— Quoi ?

Ma voix couine.

— Avez-vous des problèmes de vertige, de nausée ou de perte auditive ?

— Non. Je suis juste maladroite.

Du moins, c'est ce que je croyais. Je suis nerveuse. Mais peut-être qu'il se trompe. Il a l'habitude de voir des os cassés et des commotions toute la journée. Je ne suis pas son type de patient habituel.

Après avoir fini avec le Dr. Reynolds, je sors dans le couloir. Logan attend sur l'une des chaises en plastique. Il se lève immédiatement en me voyant, les yeux grands ouverts. Il veut savoir ce que le médecin a dit.

— Ça va, dis-je avant de regarder la réceptionniste. Combien je vous dois ?

— C'est déjà réglé, dit-elle en désignant Logan.

— C'est cadeau, dit Logan, ouvrant la porte, me laissant passer dans le couloir.

Je m'entoure de mes bras, frigorifiée par les nouvelles et la température de l'air.

— Dîner ? dit-il, me regardant du coin de l'œil, me poussant doucement alors que nous marchons.

Sa main glisse jusqu'à mon bas du dos, me maintenant près de lui.

Je soupire, me laissant aller à son contact. Je ne veux pas lui dire que j'ai peur. Les remarques du médecin n'étaient pas ce que je m'attendais à entendre. Qu'est-ce qui a poussé Logan à vouloir me faire examiner ?

— Je n'ai pas faim, dis-je.

J'ai perdu mon appétit quand le médecin a évoqué la possibilité de devoir consulter un neurologue.

— Je vous dois un dîner, et il commence à se faire tard, dit Logan.

— Et votre fille ?

— Elle est avec son amie. On peut s'asseoir au restaurant et manger quelque chose, ou on peut aller en haut.

— En haut ?

Cela attire mon attention.

— Il y a un autre restaurant en haut pour les clients VIP ?

Je n'ai rien vu en ligne ou dans la brochure à propos d'un restaurant en haut.

— Je voulais dire que je cuisinerais pour vous.

— Vous savez cuisiner ?

Je ne peux pas cacher mon sourire. Je sais pas pourquoi, mais je n'arrive pas à imaginer que cet homme puisse cuisiner.

— Vous n'avez pas de chef ?

— Mon chef est dans la cuisine en bas, au restaurant, dit Logan. Avoir de l'argent ne signifie pas que je ne peux pas faire des choses moi-même.

— Désolée, dis-je, m'excusant rapidement.

Je n''avais pas l'intention de l'insulter.

— Cette cuisine, c'est dans votre maison ou c'est une cuisine privée pour les clients VIP ?

— C'est dans la suite penthouse.

Il m'invite dans sa chambre. Mes pieds chancellent légèrement, et le bras de Logan s'enroule autour de ma taille.

— Je jure que si vous tombez encore, je vous fais voler jusqu'aux urgences les plus proches pour un second avis.

— Ce n'est pas un peu exagéré ?

Même si je devrais repousser son contact, je n'ose pas avouer que j'aime bien son bras enroulé autour de moi.

— C'est moi qui décide ce qui est nécessaire.

Il m'escorte jusqu'à l'ascenseur et grommelle quand un autre homme entre avec nous.

— Wyatt, marmonne-t-il, connaissant apparemment le gars.

Logan appuie sur le bouton pour la suite penthouse et enfonce sa clé dans la serrure pour avoir accès.

Je lui offre un sourire chaleureux, et il enroule son bras de manière possessive autour de mes épaules, comme s'il voulait montrer que je suis avec lui.

Très possessif.

— Où est-ce que vous deux tourtereaux allez ? plaisante Wyatt.

Il a un sourire en coin sur le visage.

J'ouvre la bouche mais Logan répond avant moi.

— Cali, voici mon frère cadet, Wyatt.

— C'est un plaisir de vous rencontrer, dis-je, et je tends ma main.

Je me rappelle l'avoir vu l'autre jour maintenant.

— De même. Tu es sûre que tu veux accompagner ce mec jusqu'à sa chambre ? Il est plutôt bourru. À moins que tu sois du genre à aimer ça.

Logan grogne.

— Je l'invite pour dîner.

— Tu cuisines ?

Les yeux de Wyatt s'ouvrent en grand.

— Waouh. Mes excuses, Cali. J'espère que tu as pris une collation, ajoute-t-il.

Les portes de l'ascenseur s'ouvrent avec un ding, et Logan marmonne :

— Enfin.

Wyatt fait semblant de ne pas l'entendre.

— Amusez-vous bien, vous deux, et si tu t'ennuies avec le vieux grognon, je serai en bas au bar.

Le frère cadet s'en va en traînant les pieds et les portes se ferment.

— Je vais le tuer, grogne Logan entre ses dents.

Je souris.

— Pourquoi ? Il était juste amical.

— Il veut coucher avec vous, dit-il, d'un ton neutre, en redressant ses épaules.

Il penche la tête sur le côté, fait craquer son cou et libère pas mal de tension.

— Et c'est un problème ? demandé-je, un léger sourire aux lèvres.

Il baisse la tête, son regard verrouillé sur moi.

— Si vous cherchez une aventure d'un soir, c'est votre homme. Mais n'attendez rien d'autre de lui. Jamais.

L'ascenseur atteint la suite penthouse, et les portes s'ouvrent directement sur sa chambre.

— Vous venez ? demande-t-il, me regardant par-dessus son épaule.

— Vous n'aimez pas votre frère, dis-je.

— Je n'ai rien contre Wyatt. Juste le fait qu'il ne croit pas en l'engagement.

— Et vous, vous croyez en ça ?

Je jette un coup d'œil à sa main gauche. Elle est sans bague, ce qui est bien puisque je suis dans sa suite.

— Y a-t-il une Mme. Logan Henderson ?

— Non.

Il répond rapidement et coupe court à toute autre conversation sur le sujet.

— Ce sujet est clos.

CHAPITRE CINQ

LOGAN

Cali est une vraie pipelette. Pire que Julianna.

Je refuse de discuter de mon divorce avec elle. Cela ne la regarde pas que mon ex-femme, Jess, m'ait quitté pour un autre homme.

Cela a été un vrai coup à mon ego, d'ouvrir la porte et de voir mon meilleur ami coucher avec ma femme.

Maintenant, il est mon ex-meilleur ami, et elle est mon ex-femme.

Je ne sais pas et je m'en fiche si les deux sont ensemble. Julianna sait qu'elle ne doit pas m'en parler. Elle rend visite à sa mère une fois par mois, parfois deux fois par mois, s'il y a une fête ou un anniversaire à célébrer.

Mais Jess est de retour à New York, là où nous vivions avant de déménager au Montana. C'est tout un changement de rythme.

— Mettez-vous à l'aise. Vous devriez probablement vous asseoir.

Je désigne le canapé. Je n'ai pas besoin que Cali trébuche à nouveau.

Et bien qu'elle ait insisté sur le fait qu'elle va bien, que le médecin l'a déclarée apte et qu'il n'y a rien à craindre, j'ai le pressentiment tenace qu'elle me cache quelque chose.

J'ai l'intention de le lui faire avouer avant la fin de la soirée.

Peut-être que je peux l'aider. Si elle a besoin de consulter un spécialiste et qu'elle ne peut pas se le permettre ou si elle a besoin de médicaments excessivement chers, je peux l'aider.

Mais elle n'acceptera pas. Cali est un esprit sauvage, insouciante et pétillante.

Nous ne nous ressemblons en rien.

Cela ne veut pas dire que je n'admire pas cette innocence, mais elle est encore jeune. Vingt-neuf ans, c'est pratiquement un bébé quand je regarde en arrière et que je me souviens des choses folles que j'ai faites dans la vingtaine.

Je viens d'avoir quarante-trois ans, et je jure que je suis une personne différente de ce que j'étais il y a quatorze ans. Pour commencer, j'étais un jeune père avec une fille d'un an.

Maintenant, je suis un vieux grognon.

Je prends quelques ingrédients frais dans le réfrigérateur et sors une grande casserole pour faire bouillir de l'eau.

— Êtes-vous allergique à quelque chose ?

Cali secoue la tête.

— Non, mais je n'aime pas le fromage.

— Noté, dis-je avec un sourire ironique. Je vais nous faire des pâtes, mais pas de fromage sur les vôtres.

— Merci.

Elle tire le tabouret du comptoir et s'assoit dessus en me regardant cuisiner.

— Vous buvez du vin ?

— Oui, dit Cali en descendant du tabouret. Si vous me montrez où, je pourrai nous servir des verres.

J'ouvre le placard et attrape les verres à vin sur l'étagère du haut. Elle n'aurait jamais pu les atteindre sans monter sur une chaise, et c'est tout à fait hors de question.

— Il y a une bouteille de rouge sur le comptoir et un tire-bouchon dans le tiroir en dessous.

Cali enlève le bouchon et nous verse à chacun un verre.

J'inhale le parfum odorant avant de prendre une gorgée. Le goût est exquis. C'est ce que cinq cents dollars la bouteille vous procurera. J'en ai un carton dans la cave. La plupart est réservée pour les invités spéciaux et quand je reçois, ce qui n'est pas arrivé depuis le divorce.

Mon ami le plus proche, celui qui ne m'a pas poignardé dans le dos, Levi Luxenberg, est de retour à New York. Non pas qu'il ne puisse pas rendre visite, mais il est occupé avec sa fille et sa fiancée. C'est un homme assez intègre. Quand il a découvert qu'il avait une fille de cinq ans et qu'elle n'avait personne après la mort de sa mère, il a sauté dans un avion et l'a ramenée chez lui. La nounou avec.

Quand je pourrai, j'ai l'intention de les faire venir pour explorer les pistes. Ils devraient apprendre à la gamine à skier ou à faire du snowboard quand elle sera assez grande.

Peut-être que Julianna pourra lui apprendre.

— Nous aurions dû trinquer, dit Cali en sirotant le vin. Wow. C'est divin.

— Oui, cinq cents dollars la bouteille.

Elle tousse en entendant ma remarque, les yeux grands ouverts, et elle pose le verre sur le comptoir.

— Vous n'aimez pas ? demandé-je, en la regardant par-dessus mon épaule. Vous pouvez ouvrir une autre bouteille si c'est trop sec pour vous.

— Non, c'est parfait. Où avez-vous appris à cuisiner ?

Je ne peux pas la réprimander de poser la question. C'est une question légitime, même si je ne veux pas parler de Jess.

— Mon ex ne cuisinait jamais, et je voulais que Julianna mange de vrais repas sains et nutritifs.

— Récemment divorcé ?

Je suis sûr qu'elle peut le trouver sur Google si elle est curieuse. Son téléphone n'est pas sorti. Au moins, elle est polie, ce que j'apprécie.

— Oui. J'aimerais autant ne pas en parler.

— D'accord.

Cali force un sourire, et elle prend une autre gorgée de vin avant de poser le verre et ses mains sur le comptoir.

— Je ne suis pas très douée pour cuisiner. Je veux dire, je peux faire bouillir de l'eau et utiliser une sauce tomate en pot, mais suivre une recette est mon point faible. Il y a trop d'instructions, et ça devient écrasant.

— C'est comme ça que Julianna réagit quand je lui dis de m'aider pour le dîner. Je peux lui lire la recette, mais si elle doit la lire elle-même, c'est comme si elle lisait une langue étrangère.

— Oui ! s'exclame-t-elle. C'est exactement ça.

— Vous êtes meilleure avec les desserts ? demandé-je, en jetant un coup d'œil à Cali par-dessus mon épaule.

Elle est assise appuyée sur le tabouret, et je jure que si elle tombe, je ne me le pardonnerai jamais d'avoir acheté ces trucs.

— Je suis douée pour les manger.

Je ris.

— Venez ici, goûtez ma sauce.

Je remue le mélange, et elle glisse du tabouret, un sourcil levé.

— C'est très suggestif, Monsieur Henderson.

— Appelle-moi Logan. Et si on se tutoyez maintenant ?

Je la laisse goûter la sauce rouge avec la cuillère en bois.

Elle souffle dessus pendant une seconde avant de l'approcher de sa bouche. Ses yeux se ferment, et elle presse les lèvres ensemble avec un léger gémissement.

— Mon Dieu, c'est incroyable.

— Tu aimes ma sauce ? dis-je avec un sourire en coin.

J'aime bien les allusions, et cette femme me met dans tous mes états. La regarder passer sa langue sur ses lèvres me fait bander. Ses joues sont roses et ses pupilles sont dilatées.

— Oui, je donnerais cher pour y goûter à nouveau.

— Comment c'est ? Pas trop salée ?

— Pas du tout. C'est parfait. Tu sais cuisiner.

Pourquoi semble-t-elle surprise par ce fait ? Je prends les bols et sers d'abord les pâtes, la laissant mettre autant de sauce et de viande qu'elle veut sur les siennes.

Nous apportons les plats à la petite table en bois dans la cuisine. La table peut s'agrandir, mais Julianna et moi mangeons en bas la plupart des soirs, donc il n'y a pas eu de raison de le faire.

Le dîner est agréable, avec des bavardages polis mais rien de trop intime ou de trop personnel. Elle évite de poser des questions sur mon divorce ou ma fille, et je fais de même, ne voulant pas franchir de limites.

— Je t'ai invitée pour un bon repas, pas pour te convaincre de coucher avec moi. D'ailleurs, cette porte est fermée. Après que Jess m'ait trompé, faire confiance aux femmes n'est pas facile.

À la fin du dîner, nous avons avalé la bouteille de vin exquis, et je débarrasse les plats avant de les rincer et de les mettre dans le lave-vaisselle.

— Tu vas faire le dessert, n'est-ce pas ? plaisanté-je.

— Ça dépend. As-tu une boîte de mélange à brownies dans le garde-manger ?

L'ascenseur sonne, et Julianna et Izzie entrent dans le penthouse en dansant.

— Salut, papa. Cali !

Julianna glousse, excitée de voir qui j'ai ramené à la maison. Les yeux de ma fille s'ouvrent en grand.

— OMG, tu es en rendez-vous, papa ?

Je ne m'habituerai jamais à l'entendre dire son jargon SMS à voix haute.

— J'ai promis que je m'occuperais du dîner de Cali si elle allait voir le médecin de l'établissement.

— Tu l'as fait aller voir le Dr. Reynolds ?

Le visage de Julianna se froisse.

— Il est plus beau que toi, papa, ajoute-t-elle.

— Super, merci, gamine.

Je l'éclabousse d'eau, et elle hurle comme si elle fondait. Ma fille est tout un spectacle. Je suis surpris qu'elle n'ait pas essayé de rejoindre le club de théâtre au lycée.

— Ta fille a raison. Le Dr. Reynolds est agréable à regarder, dit Cali.

Elle remue ses sourcils.

— Il est marié ? demande-t-elle.

— Non, dis-je, en secouant la tête. Mais tu n'es pas son genre.

— Qu'est-ce que ça veut dire ?

— Il est vieux, comme toi, me lance Julianna.

— Vieux ?

Je lance un regard furieux à ma fille. Je ne suis pas du tout en colère, juste contrarié qu'elle m'appelle ainsi devant Cali, qui plus est.

— Et il n'est pas intéressé par les femmes qui ont presque la moitié de son âge, dis-je en fixant Cali du regard.

— J'ai vingt-neuf ans, dit-elle, comme si cela rendait la situation meilleure d'une certaine façon.

— Papa.

Julianna nous interrompt à nouveau.

— Est-ce qu'Izzie peut passer la nuit ici ?

— Izzie doit demander à ses parents, mais c'est ok pour moi.

Je suis content de voir Julianna passer du temps avec une amie en dehors de l'école.

Julianna et Izzie se dirigent vers l'ascenseur. Elles n'ont pas fini d'explorer le chalet ou ne veulent peut-être pas être avec en compagnie d'un vieux. Cela me va aussi. J'aime l'idée d'avoir Cali seule, pour moi.

Une fois que les filles sont parties, il n'y a que Cali et moi, seuls.

— Je plaisantais plus tôt au sujet du Dr. Reynolds, dit-elle.

Je ne comprends pas trop pourquoi elle ressent le besoin de s'expliquer, mais je la laisse continuer à parler car c'est charmant de l'entendre s'exprimer.

— Ah oui ?

— Il est plutôt plaisant à regarder, mais il ne correspond pas à mon genre.

— Quel est ton genre alors ? demandé-je.

Je ne devrais pas. Je devrais plutôt ouvrir une bouteille d'eau, pas une autre bouteille de vin rouge. Je nous sers chacun un verre pendant que je mélange les ingrédients pour faire des brownies.

Cali est juste à côté de moi, le dos appuyé contre le comptoir. Je ne suis pas sûr si elle se tient debout grâce au comptoir ou si elle est stable sur ses pieds. Peu importe, elle ne conduira nulle part ce soir.

C'est un jeu dangereux, flirter avec une fille destinée à briser mon cœur. La femme que j'aimais m'a détruit. Pourquoi une femme que je connais à peine ne le ferait-elle pas ?

— Grand, brun, beau gosse, dit-elle avec un sourire en me regardant de haut en bas. Un homme qui sait ce qu'il veut, qui est gentil et attentionné et qui n'a pas peur de dire ce qu'il pense. Même si cela conduit à un désaccord.

Je médite sur ses paroles. Je ne suis pas sûr de correspondre à la catégorie « gentil et attentionné », mais le reste me correspond facilement.

— Et toi ? demande Cali. Quel est ton genre ?

J'allume le four et attends qu'il préchauffe.

— Mon genre ? demandé-je en croisant les bras sur ma poitrine, le dos appuyé contre le comptoir alors que je réfléchis à ses paroles. Une femme qui ne trompe pas. Qui est honnête, même si c'est douloureux à entendre.

Je n'ai pas grand-chose d'autre sur ma liste pour le moment. Jess coché toutes les cases sur la liste imaginaire de la petite amie et éventuellement de la femme, mais elle a réussi à me poignarder.

— Je suis désolée qu'elle t'ait fait du mal, dit Cali d'une voix douce, et elle semble sincère et authentique.

— Ouais, je n'ai pas envie d'en parler.

Je vide le verre de rouge et m'en sers un autre. Peu importe si je deviens légèrement éméché ou carrément ivre. C'est ma maison et mon refuge. Je peux faire ce que je veux.

— Entendu.

Cali pose une main sur mon bras.

Son toucher est chaleureux et réconfortant, et une sensation de chaleur parcourt tout mon corps. Elle ravive une flamme que je pensais éteinte en moi et qui ne pourrait jamais être ravivée.

Elle s'approche, comblant la distance, et pose une main sur mon bras, l'autre sur ma poitrine. Elle se lève sur la pointe des pieds.

Je sais ce qui va se passer, et je ne l'arrête pas.

Elle m'embrasse, sa respiration douce et chaude. Ses lèvres sont douces et sucrées. Elle a le goût de cerises fraîches.

J'ouvre la bouche pour approfondir le baiser, mais mon cerveau continue de rejouer les horreurs que Jess m'a fait subir, et je me retire.

— Tu devrais partir, dis-je.

— Et le dessert ?

J'éteins le four, montrant ainsi que le dîner est terminé. Il n'y aura pas de dessert. Elle a tout gâché en franchissant la limite et en m'embrassant.

Je me dirige vers l'ascenseur, et elle soupire, me suivant à quelques pas derrière. J'appuie sur le bouton, souhaitant qu'il arrive vite.

La tension dans la pièce est palpable.

Cali respire fort à cause du baiser, ou peut-être que ma nature abrupte la perturbe. Mais je ne peux pas m'engager dans cette voie avec elle. Pas maintenant et probablement jamais.

Je suis un homme trop abîmé pour être réparé. Elle ne mérite pas tout le bagage qui vient avec moi.

Les portes de l'ascenseur sonnent et Cali entre à l'intérieur.

— Bonne nuit, dis-je brusquement, et ses yeux se resserrent.

Elle ne dit rien. Même pas un merci pour le dîner.

Elle se mord la lèvre inférieure, et je jure que si elle pleure, je ne pourrai pas me contenir. Cali n'a pas le droit de pleurer. Ce n'est pas elle qui a été déchirée en morceaux par la personne en qui elle avait confiance.

Je sais que ce n'est pas de sa faute. Mais je ne peux pas faire la distinction entre les deux ce soir.

Les portes se ferment, et je soupire de soulagement qu'elle soit partie.

CHAPITRE SIX

CALI

Qu'est-ce qui vient de se passer, bon sang ? Ma tête tourne, et mes yeux brûlent.

Je me penche en arrière contre l'ascenseur, sans appuyer sur aucun bouton.

Je ne me souviens pas à quel étage se trouve ma chambre. Tout en moi fait mal.

J'appuie sur le bouton pour le hall, et l'ascenseur m'emmène au rez-de-chaussée. Je sors en marquant le pas, me dirigeant droit vers le bar.

Même si je pourrais aller me coucher, un autre verre semble être une meilleure option. J'entre dans le bar. Il y a quelques clients, mais ce n'est pas trop bondé.

Je prends place au comptoir et commande un thé glacé Long Island. C'est assez sucré, mais ça fera l'affaire. De plus, j'ai déjà eu ma part de vin cher là-haut.

C'est probablement la raison pour laquelle j'ai bêtement embrassé Logan Henderson. Je ne pensais pas qu'il paniquerait quand j'ai posé mes lèvres sur les siennes.

Mon baiser était-il si horrible ?

— Cali, n'est-ce pas ? demande Wyatt.

Il s'approche du côté opposé du bar, où il jouait aux fléchettes.

— Oui.

Je ne lui donne pas beaucoup plus.

Il me détaille du regard pendant que le barman apporte ma boisson.

— Merci, dis-je, et Wyatt désigne la boisson alcoolisée.

— Mets ça sur mon compte.

— Je peux payer mes boissons, lui lancé-je sèchement.

— Je n'en doute pas, mais je voulais me montrer galant.

Wyatt sourit et s'appuie contre le bar. Ses pouces s'accrochent aux passants de sa ceinture.

Il est beau, et plus je le regarde, plus je vois la ressemblance entre les deux frères.

— Apprends à ton frère à être galant, marmonné-je en avalant ma boisson.

Wyatt se déplace sur le côté pour me faire face et finit par prendre la place vide à côté de moi. Peut-être réalise-t-il que la soirée va être longue.

— Il est généralement galant. Qu'est-ce qu'il a fait ?

— Il m'a mise dehors, m'a envoyée dans l'ascenseur parce que je l'ai embrassé. Que mes lèvres touchent les siennes, quelle horreur.

Wyatt éclate de rire.

— Tu as embrassé mon frère ? Félicitations.

—Tu as entendu ce que j'ai dit ? Il m'a mise dehors.

Le front de Wyatt se plisse, et il passe une main dans ses cheveux.

— Il a probablement paniqué.

— À cause d'un baiser ? Le mec a la quarantaine, ce n'est pas comme s'il était puceau.

Comment peut-il être paniqué par un simple baiser ? Je n'ai même pas eu l'occasion d'explorer sa bouche avec ma langue.

— Il a été marié depuis l'âge de dix-neuf ans à la même femme. Son premier et unique amour. Il n'a pas beaucoup d'expérience en dehors de son ex-femme, rit Wyatt. Et il me tuerait s'il savait que je te dis ça.

— Ouais, je n'en doute pas.

Je finis le reste de ma boisson et fais signe au barman pour en avoir une autre.

— Il agit comme si c'était un crime d'avoir des sentiments pour lui. Je ne devrais pas l'aimer. Je voudrais le détester, dis-je, et mon nez frétille.

— Et alors ?

— Mais il est magnifique. As-tu vu ton frère ? Sans parler de sa gentillesse et de sa prévenance quand il ne se comporte pas comme un idiot. Il m'a portée pour aller dîner l'autre soir quand je me suis fait mal à la cheville, et plus tôt dans la journée, il m'a portée chez le médecin.

— Cela ne ressemble pas à Logan, de porter les clients à travers la station.

Wyatt rit et sirote sa bière.

— Ne te méprends pas. Mon frère t'aime bien. C'est évident. Il n'invite personne chez lui, jamais. Il a juste du mal à accepter ses sentiments.

Je ne crois pas Wyatt.

— Il ne m'aime pas.

— Je parie la prochaine tournée qu'il t'aime, dit Wyatt.

— Comment vas-tu le prouver ?

Wyatt sourit en faisant un signe à Logan qui entre en tempêtant dans le bar. Ses yeux s'élargissent quand il me voit, puis il regarde Wyatt.

La chaleur émane de Logan comme s'il était un féroce brasier sur le point d'éclater. Il grogne et se jette sur Wyatt, l'attrapant par le col et le tirant hors du tabouret.

— Tu n'as pas changé d'un poil, grince-t-il entre ses dents serrées.

— Et toi non plus, répond Wyatt, restant bien plus calme que ce qu'il devrait être, étant donné qu'il est sur le point d'être agressé.

Mais ce sont des frères, et peut-être que Wyatt sait comment calmer son frère au tempérament bouillant.

— Je n'arrive pas à croire que tu es en train d'essayer de voler Cali comme tu as essayé de voler Jess il y a toutes ces années !

Les yeux de Logan sont grands ouverts. Il ne remarque même pas que je suis sur le tabouret, juste à côté de lui.

Je pose ma main sur son bras, essayant d'apaiser ses insécurités et de le rassurer sur le fait que quoi qu'il pense que c'est, ce n'est pas ça.

On ne peut pas tromper quelqu'un sans être en relation avec cette personne.

— Ton frère ne m'a pas volée, dis-je. Je ne suis pas un objet à posséder.

Je saisis ma boisson et la lui jette au visage pour le refroidir.

— Tu t'es bien amusée ? dit-il en me soulevant du sol, me mettant sur son épaule et me transportant hors du bar, à la manière d'un homme des cavernes.

— Logan, lâche-moi ! crié-je, et il me pose une fois à l'extérieur du bar.

— Qu'est-ce que c'était que ça ?

Il croise les bras sur sa poitrine. Ses biceps se gonflent et se contractent. Il est furieux, et je n'ai même pas fait quelque chose de mal.

— Moi, ayant une belle conversation avec ton frère. Arrête de te comporter comme un imbécile.

Je m'éloigne de lui, mais il attrape mon bras et me tourne dans sa prise pour que je lui fasse face.

— Ce n'est pas fini, beauté.

— D'accord, mais si on se donne des surnoms, tu es un grincheux des montagnes.

— Très mature, dit Logan.

Il me détaille du regard, les lèvres serrées, mais il ne dit rien. Son silence est écrasant.

— Écoute, je ne sais pas ce qui s'est passé entre toi et ton ex-femme, dis-je, bien que j'aie une très bonne idée de ce que Wyatt m'a raconté et de ce que Logan recherche chez une partenaire. Mais je ne suis pas elle. Je ne trompe pas. Je ne l'ai jamais fait et je ne le ferai jamais. Ton frère, Wyatt, buvait un verre avec moi parce que j'étais seule au bar.

— Il te draguait, dit Logan. Il drague toutes les jolies filles qui viennent seules au bar.

Peu importe s'il me draguait ou pas. Je n'allais pas rentrer avec lui.

— Même si tu ne fais pas confiance à ton frère, accorde-moi au moins un peu plus de crédit.

— Je ne te connais pas.

Il a raison. Il ne me connaît pas. Nous ne savons pas grand-chose l'un sur l'autre.

— Exactement. Pourquoi te soucier des personnes avec qui je parle ou avec qui je partage un verre si tu ne me connais même pas et que tu ne te soucies pas de moi ?

— C'est là que tu te trompes, Cali, dit-il, en faisant un pas de plus. Il envahit mon espace personnel.

Son parfum est enivrant, son souffle est chaud et mon corps frémit de notre proximité. J'ai envie de l'embrasser, mais ça ne s'est pas bien passé en haut chez lui. Je n'ai pas besoin qu'il me mette dehors une seconde fois. Bien que, cette fois, me virerait-il complètement de son complexe ou me demanderait-il simplement d'aller dans ma chambre comme un enfant ?

— Alors corrige-moi, dis-je, mon regard rencontrant le sien, sans jamais flancher.

Son regard est intense.

Il est envoûtant, et ma respiration devient plus forte et plus bruyante.

Il se penche en avant, et je jure qu'il va m'embrasser. Mais il ne le fait pas. Son souffle se mêle au mien. Ses yeux restent fixés sur moi comme si j'étais le centre de son monde et qu'il n'y avait rien d'autre.

— Je tiens à toi, plus que je ne devrais.

Ses paroles sont comme du miel, et tout mon intérieur frémit.

— Mais tu es pratiquement une enfant. Coucher avec mon frère finira par te faire du mal.

— Je ne veux pas coucher avec ton frère !

Pourquoi ne peut-il pas comprendre que l'homme pour lequel j'ai des vus, c'est lui, Logan Henderson ?

Il secoue la tête.

— Je ne te crois pas. Je vous ai vu rire et vous amuser avant que je ne mette les pieds dans le bar.

— C'est un crime de m'amuser avec un autre homme alors que je ne sors avec personne ?

Logan ferme la bouche.

Je m'attends à ce qu'il crie, hurle, me dise que je suis comme son ex, et qu'il ne me fera plus jamais confiance. Mais au lieu de cela, il se retourne et s'éloigne, me laissant là, encore plus abasourdie et confuse.

Est-ce que Wyatt a couché avec Jess ? Il avait mentionné un ami, pas son frère.

Il s'éloigne en trombe dans le couloir, et j'attends une minute avant de décider s'il est sûr de retourner au bar ou si je devrais juste monter à l'étage.

Pendant que je me tiens maladroitement à l'extérieur près de l'entrée, Wyatt s'approche de moi, une bouteille de bière à la main.

— Je suppose que vous deux ne vous êtes pas réconciliés, dit-il, remarquant que son frère m'a laissée là dehors, dans le froid, seule.

— Il pense que je veux coucher avec toi.

— Est-ce que tu le veux ? demande Wyatt, son regard fixé sur le mien, attendant une réponse.

Je ne suis pas à la recherche d'une aventure hivernale, ou d'une aventure quelconque, d'ailleurs. Je tombe habituellement amoureuse rapidement. Peut-être que c'est ce qui se passe avec Logan, du moins de mon côté.

Je me frotte le front.

— Non, j'aime bien ton frère grincheux.

— Il est vraiment grincheux, dit Wyatt, en esquissant un sourire.

— Est-ce que tu as couché avec son ex ? demandé-je, ne comprenant toujours pas tout.

Logan a des problèmes non résolus avec son frère concernant son ex-femme.

— Non, mais il y a des années, Logan a surpris sa femme en train de me faire des avances. Elle était ivre, nous étions tous en vacances ensemble, et j'ai essayé d'arranger les choses en prétendant que c'était moi qui étais intéressé et qu'elle n'avait aucun désir d'être avec moi et n'avait d'yeux que pour lui.

— Apparemment, ses yeux ont vagabondé, et ce n'était pas seulement avec toi, dis-je. Ça aurait dû être un signe, un signal d'alarme.

— Exactement, dit Wyatt en me pointant du doigt. Logan ne l'a jamais compris. Il m'a blâmé à l'époque pour ce qui s'est passé avec Jess, et il est insupportable depuis qu'elle a amené un autre homme dans son lit.

— L'amour fait faire des choses étranges aux gens.

— Parles-tu par expérience ? demande Wyatt.

— Joker.

————

Je passe les jours suivants à éviter Logan tout en essayant de faire autant de travail que possible. J'ai préparé quelques endroits pour les tournages vidéo afin d'obtenir des séquences des clients descendant les pentes, des restaurants et du bar.

Mais je n'ai toujours pas obtenu mon entretien avec Logan, et cela ne semble pas possible à ce stade. Peut-être devrais-je laisser tomber.

Il ne me reste que quarante-huit heures supplémentaires payées par l'entreprise avant de devoir rentrer chez moi à Los Angeles. Je me réjouis de retrouver le soleil. Même en hiver, il fait plus chaud là-bas, et il n'y a aucune chance qu'il neige.

— Cali !

Ju me fait signe alors qu'elle court dans le couloir pour me rattraper. Mon téléphone est sorti, près de la fenêtre, essayant de capturer autant de lumière que possible.

— Désolée de t'avoir lâchée cette semaine. Puis-je t'aider ?

— Je suis en train de filmer quelques séquences.

— C'est ma partie préférée. As-tu filmé depuis le télésiège ?

— Non. Tu veux venir avec moi ?

Ses yeux s'illuminent.

— J'adorerais. On prend nos vestes et on se retrouve ici dans dix minutes ?

Je monte à l'étage pour prendre mon manteau et un ensemble de vêtements chauds en plus. Les bottes sont bien chaudes et confortables, et il fait froid dehors, donc je ne veux pas trembler et secouer la caméra lorsque je filmerai.

J'enfile mes gants et descends. Ju m'attend déjà.

Elle prend ma main et me traîne jusqu'au télésiège. Je n'ai aucune idée d'où je vais, mais j'aurais pu aussi facilement suivre les panneaux, même si je n'ai pas passé trop de temps à l'extérieur.

— Comment va ta cheville ? demande Ju lorsque nous nous plaçons devant le télésiège.

J'allume ma caméra pour filmer les pentes et les clients profitant du paysage hivernal.

— Ça va mieux, dis-je.

L'audio sera coupé de toute façon, donc cela n'a pas d'importance si nous parlons pendant que je filme.

— Tu devrais descendre la piste. Comment pourras-tu faire un compte-rendu et donner une note juste si tu n'es jamais descendue ?

Elle a raison.

— Tu viendras avec moi ?

— D'accord, dit-elle, son sourire large et empli d'excitation.

Je prends des dizaines de photos et filme encore plus de séquences pour le vlog. La critique que j'écrirai mettra en avant des éléments spécifiques du complexe : la restauration, l'hôtel et les divertissements. Elle se concentre également sur le confort, le rapport qualité-prix et ce qui les distingue des autres endroits similaires.

Ce qui distingue le Blue Sky Resort, c'est le propriétaire grincheux, mais je ne pense pas que c'est ce que les spectateurs veulent voir. Ou peut-être le veulent-ils ? Mais je ne vais pas salir son nom, même s'il m'a chassée de sa suite penthouse après que je l'ai embrassé.

Qu'est-ce que ça peut me faire s'il n'est pas intéressé par moi ? Ça m'est complètement égal.

En moins de deux jours, je serai partie et je n'aurai jamais à voir ce crétin à nouveau.

— Vas-tu nous donner cinq étoiles ? demande Ju.

Cette gamine va droit au but.

— Papa sera dévasté si tu parles du propriétaire grincheux.

Cela me fait sourire.

— Ton père est très grincheux, dis-je.

— Pire qu'un enfant en bas âge.

Ju désigne les ours noirs qui marchent dans la neige en bas.

— Regarde !

— Oh wow ! Les skieurs sont-ils en danger ?

J'essaie de tenir mon téléphone stable en filmant depuis les hauteurs.

— Ils ne devraient pas l'être. Les ours sont de l'autre côté.

Elle connaît très bien les sentiers et l'itinéraire que nous prenons.

— D'ailleurs, ce ne sont pas des grizzlys, donc ça devrait aller.

Je soupire de soulagement. Nous passons devant les ours et sautons hors du télésiège lorsque nous revenons à l'endroit où nous avons commencé.

— Allez, trouve-toi de l'équipement, et nous pourrons aller skier ensemble.

Elle me prend par la main et m'entraîne à l'intérieur.

— C'est d'accord pour ton père si tu sors ? demandé-je.

Il me déteste déjà, bien que je ne sois pas sûre de ce que j'ai fait de mal pour mériter sa colère. Était-ce parce que je l'ai embrassé ou que j'ai pris un verre au bar et que son frère est apparu ?

Peut-être un peu des deux ?

Nous avons plutôt bien réussi à nous éviter. Je ne peux pas me plaindre. Il a rendu le reste de ma semaine terne, mais ça me va.

Ju se précipite derrière le comptoir.

— Quelle pointure fais-tu ?

— Du 38.

Elle attrape deux paires de bottes et me tend celles en 38.

— Mets-les et nous prendrons des skis ensuite. Ah, et des casques.

Elle attrape deux casques du portemanteau et m'en tend un.

Ce n'est pas très joli, mais c'est fonctionnel, ce qui est tout ce qui compte. Je m'assure que le casque est bien en place et serré, la suivant dehors. Nous prenons des skis et des bâtons. Ju m'apprend comment attacher ma botte au ski et me donne une mini-leçon dehors, dans la neige.

Dire que je ne comprends pas rapidement est un euphémisme.

— Tu prendras le coup, insiste-t-elle.

— Peut-être devrais-je prendre un cours avant.

— C'est bon. Nous irons sur les pistes pour débutants.

Je ne peux pas m'empêcher d'avoir un sentiment de malaise au fond de l'estomac.

Est-ce que c'est de la nervosité ?

Ou peut-être que je sais que je ne suis pas faite pour les skis, et que c'est la pire idée imaginable. Ce n'est pas comme si Ju avait eu à faire beaucoup d'efforts pour me convaincre d'essayer.

Je continue parce que, soyons honnêtes, cette gamine a quinze ans et n'a pas peur. Est-ce que je veux qu'elle pense que je suis une lâche ? Sûrement pas.

Et j'aime bien son père, même si c'est un homme des montagnes grincheux qui possède une station de ski. Je veux voir ce qui fait tout ce foin, pourquoi les gens viennent ici de partout dans le monde.

Est-ce que j'ai mentionné que je ne suis pas très à l'aise en hiver ?

Mes orteils sont gelés, mais les bottes de ski sont plus chaudes que celles que j'ai laissées à l'intérieur du chalet.

Le banc oscille, se balançant d'avant en arrière alors que nous nous asseyons sur le télésiège. La barre nous retient vaguement en place pour éviter de tomber. J'enlève mes gants, voulant mieux tenir le bâton de ski, lorsque mon gant vole par-dessus le bord avec mon bâton et mon téléphone.

Merde.

Sans réfléchir, je me jette dessus, délogeant la barre, et en un éclair, je tombe du télésiège dans l'épaisse couche de neige en dessous.

Je touche le sol avec un bruit sourd.

J'aurais dû essayer le snowboard à la place.

Ma main est gelée par la glace. Engourdie.

Un bâton est bien au-dessus de l'endroit où je suis tombée.

L'autre est à mi-chemin de la colline, où j'ai atterri de manière peu élégante. Et mon téléphone, je n'ai aucune idée d'où il est ni de mon gant.

Quand j'atteins finalement le bas, je réalise que je suis entre des montagnes et des arbres. Ma cheville n'est plus un problème. Tout me fait mal, comme si mon corps était en feu.

En gémissant, il me faut une minute pour reprendre mes esprits après avoir été sonnée.

Je regarde en haut, et Ju me fixe pendant que le trajet se poursuit, et elle est trop loin pour faire quoi que ce soit.

— Je vais chercher de l'aide ! crie-t-elle. Reste là !

Ouais, où est-ce que je pourrais aller de toute façon ?

CHAPITRE SEPT

LOGAN

Julianna arrive en courant dans mon bureau. Elle a son casque et ses bottes de ski, mais le reste de l'équipement n'est pas attaché.

Ma fille est essoufflée et son énergie me fait lever les yeux et m'inquiète.

— Qu'est-ce qui se passe ?

Ce n'est pas rare qu'un client se blesse sur les pistes. Nous faisons signer à tout le monde une décharge de responsabilité avant qu'ils sortent.

Mais pourquoi Julianna se précipite-t-elle ici comme si c'était la fin du monde ? Je ne savais même pas qu'elle allait skier cet après-midi.

— C'est Cali, dit-elle, haletant.

Ses joues sont rouges, et elle me fait signe de la suivre.

— Quoi, Cali ?

Le ton bourru de ma voix ne peut pas être caché ou contenu. Qu'est-ce que diable a fait Cali cette fois-ci ?

— Elle voulait aller skier et est tombée du télésiège.

— Bien sûr, marmonné-je en me frottant le front.

J'enfile mes bottes d'hiver et prends une veste, me dirigeant dehors avec Julianna sur mes talons.

— Sais-tu si elle est blessée ?

— Elle est tombée violemment et a roulé en bas de la colline. Mais elle était toujours consciente.

— C'est une bonne nouvelle.

Du moins la partie où elle était toujours consciente.

— Pourquoi diable était-elle sur les pistes ?

Je me dirige vers l'équipement de secours et prends une motoneige avec un brancard de traîneau attaché.

J'attrape une radio et communique que l'un de nos clients est probablement blessé et que nous avons besoin d'unités supplémentaires pour la chercher.

Julianna monte à l'arrière et je me dirige dans la direction qu'elle me montre.

— Comment diable a-t-elle pu tomber ? demandé-je.

La barre métallique est censée empêcher les clients de passer par-dessus bord.

— Je ne sais pas. Son gant est tombé par-dessus le bord, puis son bâton. Puis quand j'ai tourné la tête, elle n'était plus à côté de moi et le siège se balançait comme un fou. J'ai tout fait pour ne pas tomber à côté.

— Je lui ai dit qu'elle ne pouvait pas aller sur les pistes ! Bordel ! crié-je en appuyant plus fort sur l'accélérateur pour atteindre Cali le plus rapidement possible.

Pourquoi ne pouvait-elle pas m'écouter ?

La morsure froide de l'air et le vent me brûlent les joues. Je ne suis pas habillé pour un sauvetage enneigé. Et bien que j'aie demandé à notre patrouille de ski de nous aider, ils doivent aussi garder un œil sur les clients des pistes.

Plus nous nous éloignons de la station, plus chaque centimètre de mon corps se refroidit. Au loin, j'aperçois sa chevelure sombre contre la neige. Le soleil commence à se coucher derrière les montagnes, et je signale notre emplacement à la radio pour obtenir de l'aide.

Je ralentis le moteur à côté d'elle et descends de la motoneige.

Cali grimace et lance un regard à ma fille.

— Tu l'as appelé à l'aide ?

Moi non plus, je n'en suis pas content. Pourquoi Cali était-elle sur les pistes de ski ? Elle s'est blessée à la cheville il y a quelques jours et a des vertiges depuis. Qu'est-ce qui lui a fait penser que c'était une bonne idée ?

Je me penche au-dessus de Cali, et Julianna saisit la trousse de premiers soins sur le brancard.

— Apporte-moi une lampe de poche, dis-je à ma fille.

Elle ouvre la sacoche et me la tend. Je l'allume et la pointe vers les yeux de Cali pour m'assurer qu'elle n'a pas de commotion cérébrale. Ses pupilles réagissent normalement. C'est un bon signe.

— Peux-tu bouger tes orteils pour moi ?

— Je peux me lever, mais mon genou me fait mal, dit Cali. Et ma cheville ne m'est pas d'une grande aide non plus.

— Ne te lève pas.

Je ne veux pas risquer d'autres blessures.

— J'ai une équipe qui arrive. Nous allons te faire monter sur ce brancard et te ramener chez le Dr. Reynolds pour qu'il t'examine.

Dès que l'équipe de patrouille de ski arrive, ils la glissent sur le brancard, l'attachent et l'enveloppent dans une couverture pour s'assurer qu'elle ne fasse pas de choc ou d'engelures à cause du froid.

Je conduis la motoneige jusqu'à la station, prenant mon temps, puisque Cali est attachée. Je ne fais confiance à personne d'autre pour cette tâche. Une fois arrivé devant le bâtiment médical, elle y est transportée sur le brancard.

Ne pouvant pas entrer avec elle, j'attends dehors. Les yeux de Julianna sont rouges, mais je suis sûr que c'est à cause du froid.

— Va à l'intérieur, prépare-toi pour le dîner.

— Je n'ai pas faim.

Moi non plus.

Je ne peux pas m'empêcher de m'inquiéter pour Cali et de savoir comment elle va.

— C'est de ma faute.

Ses yeux se remplissent de larmes.

— Quoi ? demandé-je en la prenant dans mes bras.

— C'est moi qui lui ai proposé d'aller skier.

— Ce n'est pas ta faute. C'était un accident, dis-je. Tu devrais aller dîner. Tu peux appeler Izzie et voir si elle veut te rejoindre.

— Elle a des plans. Je vais attendre ici. Je veux voir Cali.

Je m'assois sur la chaise en plastique dure.

— Moi aussi, dis-je.

— Tu ne vas pas l'engueuler quand tu la verras, j'espère.

Julianna enlève son manteau, me tend la veste, et croise les bras sur sa poitrine.

Je lui renvoie son manteau.

— Va ranger ça.

Elle soupire bruyamment et sort rapidement de la clinique.

Le silence remplit la pièce, et finalement, Cali sort de l'arrière avec une paire de béquilles.

Ça ne va pas bien se passer. Cette fille ne peut à peine marcher sur deux pieds, et elle a des béquilles ?

— Juste une cheville foulée et un genou contusionné, dit Cali. Le médecin dit que j'ai de la chance de ne pas avoir cassé un os.

— Et les béquilles sont...

— Pour la stabilité, pour que je puisse me déplacer d'un côté de la station à l'autre. Tu n'auras pas à me porter.

Elle sourit.

Mon sexe se crispe dans mon jean en me rappelant de l'avoir portée. Je tousse, cherchant une distraction. Les températures glaciales de l'extérieur devraient faire l'affaire.

— Tu es prête ? demandé-je en ouvrant la porte.

Cali grimace à cause du froid, puis avance en boitant avec les béquilles. Ça lui prend plus de temps que ça ne devrait. Elle n'est pas douée, et dire que je suis inquiet est un euphémisme.

J'attends sans cesse qu'elle bascule, et que je me précipite pour la rattraper.

Je tiens la porte du chalet ouverte pour elle alors qu'elle y pénètre lentement.

— Cali ! s'écrie Julianna, en venant vers nous en courant dans le couloir.

— Salut, dit Cali, en affichant un sourire chaleureux. Merci d'avoir appelé à l'aide.

— Même si c'était le vieux grincheux ? rétorque Julianna.

— Je suis juste là, dis-je en agitant ma main devant elles.

Elles agissent comme si j'étais invisible, en parlant de moi juste devant moi.

— Tu entends quelqu'un parler ? plaisante Cali.

Je grogne et lève les yeux au ciel.

— Allez dîner ensemble, vous deux.

Cali attrape mon bras, l'attachant au sien.

— Merci de m'avoir sauvé la vie.

Je dirais qu'elle exagère un peu, sauf qu'elle aurait pu mourir de froid si ma fille n'avait pas été avec elle et n'avait pas appelé à l'aide.

— De rien. Et si on allait tous dîner ensemble ?

Cali force un sourire et mordille sa lèvre inférieure. Je ne peux pas dire si elle est nerveuse ou hésitante.

— Je vais monter dans ma chambre. J'ai eu une longue journée.

— Tu dois manger, dis-je. Surtout si le médecin t'a donné des médicaments.

— Juste de l'ibuprofène. Il ne m'a pas donné de trucs forts.

Je la regarde fixement.

— Les médicaments ne sont pas un sujet de plaisanterie.

Je tourne mon attention vers Julianna, voulant qu'elle comprenne le message également.

— C'est bon, papa !

Elle marche à ma droite, tandis que Cali boîte avec ses béquilles de l'autre côté.

J'ai envie d'aider Cali. Bon sang, je la porterais à travers tout le chalet si cela signifiait qu'elle ne se blesse pas le reste du temps où elle est ici. Mais je doute qu'elle me laisse faire ça pour elle.

Je fais abstraction du commentaire de ma fille.

— Il te reste combien de temps ici ? demandé-je en marchant lentement à côté de Cali alors que nous approchons du restaurant.

Ce soir, je ne cuisine pas pour elle. La dernière fois que je l'ai invitée dans le penthouse, elle a eu une très mauvaise idée.

Pas que ce soit entièrement de sa faute. Je lui ai envoyé des signaux contradictoires, indiquant que j'étais intéressé par elle. Parce que je l'étais.

Je ferai mieux ce soir. Je garderai les choses professionnelles entre nous. Après tout, elle est ici pour affaires, et je ne veux pas ternir sa critique sur le complexe.

— Je repars après-demain.

— Et ton téléphone ? demande Julianna. On ne l'a pas retrouvé quand tu es tombée du télésiège.

— C'est bon. Toutes les vidéos devraient avoir été sauvegardées sur le cloud. Je pourrai y accéder en rentrant chez moi. Bien que je doive prendre contact avec ma patronne et lui faire savoir que je n'ignore pas ses messages.

— Tu peux utiliser mon téléphone, proposé-je.

Après nous être installés à notre table privée à l'arrière, Cali glisse dans la banquette, et je m'assois en face d'elle avec ma fille. La serveuse nous remet les menus. Je sais déjà ce que je veux, et Julianna n'y jette même pas un coup d'œil.

Nous avons assez mangé ici pour savoir ce qui est bon et ce qui est incroyable. Rien n'est mauvais. Jamais.

Nous passons commande, et je demande une bouteille de vin blanc pour la table ainsi que deux verres. Julianna n'aura pas d'alcool avant ses vingt et un ans.

La serveuse revient avec deux verres et fait sauter le bouchon, me laissant le sentir avant de nous verser chacun un verre.

— Je peux goûter ? demande ma fille.

— Tu connais les règles.

Je ne peux pas risquer que notre restaurant perde sa licence d'alcool en servant des mineurs.

Je prends une gorgée. L'alcool est doux et parfumé, pas du tout amer. Pas de sensation de brûlure comme avec le vin bon marché.

Je sors mon téléphone portable de la poche de mon pantalon, le déverrouille avant de le tendre à Cali.

— J'espère que tu te souviens de son numéro.

Elle ouvre les messages et commence à taper. Il y a un soupir léger, puis elle me regarde avant de continuer à écrire son message et d'appuyer sur envoyer.

— Je ne savais pas que tu connaissais Bridget Lancaster.

Le nom me laisse un goût métallique amer sur les lèvres.

— Tu fouilles dans mes contacts ?

Je tends la main pour récupérer mon téléphone.

— Non, mais son nom est apparu quand j'ai tapé son numéro. Bridget est ma patronne.

Mon estomac se tend, et mes mains se serrent en poings.

— Je vais reprendre mon téléphone maintenant, grogné-je avant de lui arracher l'appareil des doigts.

— Une ex ? devine Cali en se basant sur mon soudain changement d'humeur.

— Pas moyen. Même si cette femme a essayé de saboter mon mariage.

— Comment ?

Les yeux de Julianna s'illuminent alors qu'elle se rapproche, désireuse d'entendre tous les détails croustillants.

Ce n'est pas une conversation à avoir devant ma fille de quinze ans.

— Ne parlons pas de Bridget, dis-je avec un rictus. Cette femme n'a été qu'une menace.

Cette sensation de malaise et de naufrage dans le creux de mon estomac ne disparaîtra pas. Est-ce pour ça que Cali est ici ? Pour détruire ma réputation et l'entreprise que je viens d'aider à redresser ?

Le Blue Sky Resort a connu son lot de problèmes au cours de la dernière décennie, avec notamment une prise d'otages parmi les pires incidents. Mais je croyais pouvoir lui insuffler une nouvelle vie. Me suis-je trompé ?

— Eh bien, je peux vous assurer, Monsieur Henderson, que ma critique vidéo sera honnête et authentique. Quels que soient les différends entre vous et Bridget, cela ne se reflétera pas dans le produit final.

J'aimerais être soulagé, mais je ne peux pas l'être. Pas avant de voir ce qui sera diffusé pour le monde entier.

— Je vous remercie, dis-je ironiquement.

— C'est normal, dit-elle, et ses joues rougissent.

Le dîner est apporté à la table, et Julianna ne touche même pas à sa nourriture. Elle ne cesse de jeter des coups d'œil entre Cali et moi.

— Papa, est-ce que ça te dérange si je monte dîner en haut ? demande-t-elle.

Quelque chose ne va pas ? Elle ne se sent pas bien ?

— Pourquoi ?

— La tension sexuelle entre vous deux est palpable. Je sais que tu es en colère à cause de ce que Maman a fait, dit Julianna en me fixant. Mais Cali est mignonne, et autant que je sache, elle est célibataire. Profitez de votre soirée ensemble. Ne rentre pas trop tard.

Avant que je puisse dire à ma fille de rester assise, la gamine saisit son assiette et ses couverts et s'échappe rapidement du restaurant.

— Je crois qu'on vient de nous organiser un date, dit Cali.

Sa langue passe furtivement sur le coin de ses lèvres. Elle pose sa fourchette sur la table.

— Y a-t-il un problème avec ton repas ?

— Non, je... Je peux demander à la serveuse de la mettre dans une boite et l'emmener dans ma chambre.

Je prends une bouchée du Chilean Seabass, et la sauce maison déposée par-dessus est absolument époustouflante. Le chef s'est encore surpassé.

— Pourquoi ferais-tu ça ? demandé-je, en jetant un coup d'œil à Cali. Juste parce que ma fille est partie ne signifie pas que tu doives partir. En plus, je doute que tu puisses porter ton repas et tenir tes béquilles jusqu'à ta chambre.

Ses yeux se rétrécissent. Elle sait que j'ai raison.

— J'essayais simplement de ne pas rendre les choses plus gênantes qu'elles ne le sont déjà, dit Cali.

— Pourquoi serait-ce gênant ?

Je prends une autre bouchée.

— À part le fait que tu me détestes ?

Elle rit nerveusement, évitant mon regard tandis qu'elle joue avec sa nourriture.

— Tu n'aimes pas ton repas ? demandé-je.

Elle force un sourire.

— Le repas n'est pas le problème.

— Alors pourquoi ne manges-tu pas ?

J'ignore son commentaire. Je refuse d'être le problème. Je n'ai rien fait de mal. Du moins pas aujourd'hui. J'ai sauvé ses fesses dehors dans le froid et la neige.

Cali soupire et prend une bouchée de purée de pommes de terre, essayant de faire passer un message. Elle gémit à la première bouchée, et tout l'entêtement qui s'était accroché comme une sangsue finit enfin par se relâcher.

— Mon Dieu, c'est bon. Mieux que le sexe, marmonne-t-elle, avant de prendre une autre bouchée.

Ses yeux se ferment, et le gémissement qu'elle émet rend mon entrejambe dur.

Le fait-elle exprès ?

Se rend-elle compte de ce qu'elle fait, du pouvoir qu'elle a sur moi ?

— Je ne pense pas qu'un repas puisse être meilleur que le sexe.

Je me dois d'être en désaccord avec elle.

Je n'ai même pas envie de l'apprécier. Mais pour une raison quelconque, je suis attiré par elle, incapable de détourner mon regard ou de dire à mon cœur en train de fondre de se refroidir.

C'est comme si son sourire pouvait faire fondre la glace entre nous.

Mais c'est tout ce qui est innocent. La façon dont elle suce la fourchette et gémit est pratiquement orgasmique. Est-ce qu'elle prend du plaisir ou essaie-t-elle de me mettre dans tous mes états ?

Juste l'entendre gémir et regarder son corps réagir me donne envie de l'embrasser. Mais je ne devrais pas. Elle est ici strictement pour affaires. Cali n'est pas là pour trouver un partenaire d'une nuit, et je ne suis pas du genre à avoir des aventures sans lendemain. Je ne suis pas ce genre de mec. C'est le territoire entièrement réservé à Wyatt.

En plus, ma fille est en haut, et elle n'a pas besoin de voir ou d'entendre les choses obscènes que je ferais à Cali si je l'avais dans mon lit.

— Je ne sais pas, Logan. Ces patates, c'est le paradis en bouche.

Pendant un instant, j'attends qu'elle éclate de rire ou me dise qu'elle plaisante.

— Nous avons les mêmes.

Nos plats sont différents, mais je suis sûr que les patates viennent du même lot.

— Et tu penses toujours que le sexe est mieux ?

Elle rit et se frotte les yeux, les larmes montant. Elle rit tellement fort qu'elle en pleure.

— Désolée.

Elle lève la main pour reprendre son souffle.

— Pourquoi tu t'excuses ?

— Parce que tu te crois un roi au lit, dit Cali.

Ses joues sont rouges et elle se ventile.

— Je te le dis, aucun sexe n'égale ce dîner.

— C'est un défi ?

Je devrais laisser ma bouche fermée. Mais cette femme sait comment m'irriter. Est-ce qu'elle pense vraiment que cette purée est meilleure que le sexe ? Soit elle a eu des expériences sexuelles vraiment mauvaises, soit elle n'a jamais connu l'orgasme.

Quoi qu'il en soit, je suis sûr de pouvoir la convaincre du contraire.

— Tu ne pratiques pas le sexe sans lendemain, dit Cali.

Elle a raison. Mais pour une raison quelconque, j'ai l'impression que ce n'est pas ce que cette fille recherche non plus.

— Tu as raison, dis-je, en la fixant. C'est un problème ?

Cali hausse les épaules.

— Je repars dans deux jours. Et sans offense, je déteste le froid.

Elle est claire sur le fait qu'elle ne prévoit pas de revenir ou de rester ici plus longtemps. Je devrais être contrarié, déçu, perturbé.

— Je déteste la chaleur estivale, dis-je, en la fixant intensément.

La fille esquisse un sourire ironique.

— C'est ta façon de faire monter la température, vieux ?

— Vieux ? ricané-je, et j'ai envie de passer au-dessus de la table.

Au lieu de cela, je me lève et fais le tour jusqu'à sa banquette. Elle a la jambe levée et je m'assois à côté d'elle, passant mon bras autour de ses épaules.

— Peut-être que je devrais te mettre sur mes genoux, petite.

Elle me donne un coup de coude dans le ventre et se penche en arrière, remuant ses fesses contre mon entrejambe.

— J'ai presque trente ans, dit Cali.

Sa tête retombe sur mon épaule et mes doigts agrippent son cou, inclinant sa tête et tirant ses lèvres vers les miennes.

Nos lèvres s'entrechoquent et les doigts trébuchent. Je n'en ai jamais assez d'elle. Mon cœur martèle contre ma cage thoracique, cherchant à se libérer.

— Quatorze ans de différence d'âge, marmonné-je.

Bon sang, c'est presque l'âge de ma fille, sauf que Cali n'est pas une enfant. C'est une adulte. Chaque centimètre d'elle respire la féminité, de la courbe de ses seins jusqu'au reste de son corps. Elle est absolument parfaite, et je veux qu'elle soit tout à moi.

Merde. Cette femme sait comment me rendre encore plus excité.

Alors que sa langue pénètre dans ma bouche, approfondissant le baiser, m'explorant, tout ce à quoi je peux penser, c'est à quoi ça ressemblerait de l'avoir sous moi, de faire bouger mon sexe en elle, d'entendre ses gémissements et ses cris de plaisir.

Mais où aller ?

Je ne peux pas la ramener chez moi. Nous pourrions nous éclipser discrètement dans sa chambre et le faire.

Mes doigts glissent le long de ses cuisses et je caresse son entrejambe à travers le jean épais. Elle ondule contre ma paume et je suis reconnaissant que la table cache ce que nous faisons, parce que ni l'un ni l'autre n'est complètement discret.

— Tu préfères toujours ton repas à mon toucher ? demandé-je, en retirant ma main.

Cali gémit de protestation. Elle pose son front contre le mien, haletant pour reprendre son souffle.

— Je te veux , dit-elle, et ses mots sont comme de la musique à mes oreilles.

— Seulement quand tu auras fini ton dîner. Tout, sans exception. Tu vas avoir besoin de tes forces.

Elle gémit, et je m'éloigne suffisamment pour lui permettre de manger sans s'étouffer. Le sexe et le reste de nos préliminaires devront attendre. Je la regarde attentivement alors qu'elle dévore son repas, puis nous partons. Pas de compte à régler ni de pourboire à laisser. Je paie déjà généreusement mon personnel.

— Où va-t-on maintenant ? demande Cali en sortant de la banquette avec ses béquilles.

— Une chambre, dis-je en la soulevant dans mes bras. Laisse tes béquilles. Je ferai en sorte que quelqu'un les monte dans ta chambre plus tard.

Je la porte hors du restaurant jusqu'à l'ascenseur.

— Chez toi ou chez moi ?

— Chez toi. Ma fille est en haut, et je n'ai pas besoin qu'elle t'entende crier mon nom toute la nuit.

— Mais les voisins d'à côté ?

— Au moins, ils ne sont pas de la famille, dis-je. Quel étage ?

— Douze.

J'appuie sur le bouton pour le douzième étage et attends que les doubles portes se referment.

— Tu me provoquais, pas vrai ? demandé-je.

À ce stade, ça m'importe peu, mais je veux connaître la vérité.

Elle secoue la tête, les bras autour de mon cou alors qu'elle est blottie contre moi.

— Tu peux me poser, dit Cali.

Ses doigts glissent le long de ma poitrine et je grogne, essayant de garder toute ma concentration pour amener Cali dans sa chambre.

— Numéro de chambre ?

Je dois savoir dans quelle direction aller dans le couloir.

— Douze vingt-deux.

Je vais vers la droite, et elle n'est qu'à quatre portes dans le couloir.

— La clé ? demandé-je.

Je la pose en la maintenant contre le dos de la porte pour qu'elle puisse sortir sa carte de chambre.

Ses yeux s'élargissent, et elle grimace.

— Laisse-moi deviner. Elle est enterrée dans la neige avec ton téléphone.

— Probablement.

Il y a une clé maîtresse dans mon bureau, mais ce sera plus rapide de descendre et de demander au personnel d'enregistrer une nouvelle clé pour la chambre.

— Reste ici, grommelé-je, et je descends rapidement au lobby pour faire enregistrer deux cartes de chambre et prendre un préservatif dans le tiroir de la réception.

En un temps record, je suis de retour au douzième étage.

— Tu as mis une éternité, plaisante Cali.

Je suis juste content qu'elle n'ait pas changé d'avis.

Je lui tends les clés de la chambre et la laisse ouvrir la porte.

— Viens, bien que je sois sûre que tu sais à quoi ressemble l'endroit.

Elle rit et fait deux pas en boitant avant que je la soulève dans mes bras.

— Ne te blesse pas à nouveau la cheville ou le genou, dis-je, la portant jusqu'au lit.

Doucement, je la pose sur le matelas, et elle me regarde avec un sourire ironique.

— Quoi ?

— Tu es chevaleresque. Je pensais que ça n'arrivait que dans les films et les livres.

Mes doigts défont ses bottes. Ce sont celles qu'elle a empruntées et qu'elle devra rendre demain au chalet.

Elle défait le bouton de son jean et relève les hanches. Je l'aide à enlever ses vêtements, impatient de la déshabiller. Je veux la dévorer, embrasser chaque centimètre de sa peau parfaite.

Cali grimace lorsque son jean descend jusqu'à ses genoux. Elle a un bleu frais de sa chute, mais le médecin a déjà examiné ses blessures.

Je fais une pause. Peut-être qu'on ne devrait pas le faire ce soir.

— Je devrais te laisser te reposer.

— Sûrement pas, gronde Cali.

Elle se redresse en lançant ses jambes par-dessus le bord du lit, prête à me poursuivre.

— Reviens ici, Logan. Tu as promis de me montrer que le sexe était meilleur que le dîner.

— Oh, c'est le cas.

Elle ne peut pas me convaincre du contraire.

— Es-tu sûre d'en être capable ?

Je ne veux pas la blesser, et elle a déjà enduré beaucoup.

Je monte sur le lit et je me penche sur elle, couvrant ses lèvres des miennes. Elle est chaude sous moi, et je soulève sa chemise, la faisant passer par-dessus sa tête pour la jeter par terre.

— Comment se fait-il que je sois nue, et que tu aies toujours tous tes vêtements ?

— Tu n'es pas complètement nue, dis-je.

Cali porte encore sa culotte et son soutien-gorge, bien que si ça dépendait de moi, je les arracherais sur-le-champ.

Ses ongles traînent le long de mon ventre et détachent le bouton de mon jean. Elle tire la fermeture éclair vers le bas, et sa main va droit à l'essentiel.

Je saisis son poignet.

— Ralentis, mon cœur.

Je descends son poignet sur le matelas, admirant sa beauté. Chaque centimètre d'elle est magnifique.

Mes lèvres descendent sur son cou, laissant une douce traînée sur sa peau, savourant ce moment. Je n'ai pas l'intention que ce soit une seule fois, mais si j'y pense trop, je m'inquiète de ne plus jamais la revoir.

Ce qui est insensé.

Je peux me rendre à l'aéroport le plus proche aller la voir quand bon me semble. L'un des avantages d'être milliardaire. Mon souffle chatouille sa peau alors que je dépose des baisers brûlants avant de mordiller sa clavicule. Je veux la marquer et faire savoir à chaque homme qu'elle m'appartient.

Ses hanches se contorsionnent sous moi et elle gémit juste à cause de mes lèvres posées contre sa peau. Ses doigts poussent sur ma chemise. Enlevant le haut par-dessus ma tête, elle m'aide à me déshabiller. Son toucher est comme de la lave, brûlante et coulant à travers moi jusqu'à mon noyau.

Elle essaie de nous faire rouler, mais je ne la laisse pas faire.

— La prochaine fois, ma petite, murmuré-je, la fixant avec un sourire malicieux. Tu dois d'abord guérir.

— Ma petite ?

Elle aboie beaucoup mais ne mord pas. Mais c'est une des choses que j'apprécie chez Cali.

Que j'aime.

Intérieurement, je grimace, me réprimandant d'avoir déjà utilisé un tel mot.

Nous ne nous connaissons presque pas. Mais il semble que nous apprenons à nous connaître très vite.

Je grogne contre elle, prenant sa lèvre inférieure entre mes dents et le gémissement qu'elle émet me plonge dans un pur bonheur. Si je mourais dans ses bras, je serais un homme heureux.

Je soulève mes hanches de son corps et pousse mon jean jusqu'en bas, les faisant tomber et s'étaler par terre.

— Tu es magnifique, murmuré-je, mon attention se reportant sur son corps, l'adorant alors que je dévore chaque centimètre d'elle.

Pinçant l'agrafe arrière de son soutien-gorge, le tissu glisse facilement, et j'abaisse mes lèvres vers ses seins, voulant la voir frémir sous mes caresses.

Elle frissonne et ronronne, ses jambes s'enroulant autour de moi.

— Tu penses toujours que le dîner était meilleur ? taquiné-je, ma joue caressant son ventre, ma barbe rugueuse et épaisse.

Je suis doux sur sa peau, voulant l'exciter mais ne pas la blesser.

— J'y réfléchis, dit-elle, mais le sourire sur son visage me dit qu'elle est autant taquine que je l'imagine.

Elle apprécie l'attention, et ses doigts se faufilent dans mes cheveux alors que mes lèvres descendent plus bas.

— Combien d'orgasmes as-tu déjà eu en une nuit ? demandé-je, descendant le long de son corps et déposant un doux baiser sur ses jambes.

Je commence par l'arrière de ses genoux, allant lentement, prenant mon temps, écoutant ses respirations douces et ses gémissements alors que je m'approche de plus en plus vers ses cuisses internes.

— Avec un partenaire ? demande-t-elle, et ses doigts griffent les draps. Ou toute seule ?

J'aime qu'elle avoue se masturber. La plupart des femmes évitent ce genre de discussion, ce qui me fait penser que la prochaine fois, j'aurai peut-être le plaisir de la regarder se caresser pour moi.

— Partenaire, dis-je, ma voix me trahissant, sortant plus aiguë que prévu.

— Un.

Un large sourire enjolive mon visage. Ce sera un record facile à battre.

— Personne ne t'a donné plusieurs orgasmes ?

Je suis choqué. Cette femme mérite de se sentir au sommet du monde, à répétition.

— Ne sois pas étonné. Je serai impressionnée si tu peux m'en donner un.

— Ma chérie, je te promets pas moins de trois.

Je jure que ça ressemble à une affaire commerciale, la façon dont nous marchandons l'un avec l'autre.

— Et si tu ne tiens pas ta promesse ? demande Cali.

Un sourire malicieux est sur son visage. Aurait-elle quelque chose en tête qu'elle veut de moi ?

— Tu n'as pas à t'inquiéter de ça. Quand nous aurons fini, tu auras perdu le compte.

Je mordille sa cuisse interne avec malice, et elle gémit en jetant la tête en arrière, la mâchoire ouverte, les yeux fermés.

— Regarde-moi, commandé-je.

Ses yeux peinent à s'ouvrir. Elle mordille sa lèvre inférieure, et je dépose un baiser sur son sexe à travers sa culotte. J'évite son clitoris, mais passe ma langue le long de son sillon, goûtant son humidité à travers le tissu fin.

Elle veut que j'y aille à fond. Je peux dire qu'elle est agitée et impatiente, mais je ne vais pas gaspiller son premier orgasme sans une bonne dose de préliminaires. Je veux qu'elle soit excitée, sa chatte palpitante, et qu'elle me supplie de la baiser.

Cali gémit, et une de ses mains se promène dans mes cheveux. Son toucher est fantastique. L'autre main serre les draps, tremblante alors que je pousse sa culotte sur le côté et sépare ses plis, admirant ses sucs brillants qui révèlent à quel point elle est excitée.

Elle ondule des hanches.

— Enlève-la, dit-elle, me disant qu'elle veut que je retire sa culotte.

Ses doigts se posent sur le bord élastique, mais je ne suis pas sa directive.

— Pas avant que tu aies eu ton premier orgasme, dis-je.

Un gémissement s'échappe de ses lèvres, et elle couvre son visage de sa main.

— C'est de la torture.

— Veux-tu que je m'arrête ?

— Non !

Ses yeux s'ouvrent en grand, et elle me fixe d'un regard furieux.

— Je veux que tu me donnes un orgasme. Celui dont tu parles tant, mais que je n'ai pas encore vécu.

Elle joue avec moi, essayant de me faire céder à ses désirs.

— Et tu l'auras, quand je le déciderai.

Avec ma main maintenant sa culotte sur le côté et sa chatte exposée, je lèche le long de sa fente, goûtant son humidité et taquinant ses lèvres enflées.

Elle plie les genoux pour moi.

— Bien, dis-je alors qu'elle me donne une meilleure vue et plus d'espace pour lécher et sucer sa chatte. Elle a un goût doux et enivrant. J'enfonce ma langue dans sa chaleur, léchant et la pénétrant là où je veux être avec ma queue.

Cali déplace ses hanches, inclinant sa chatte pour que j'atteigne son clitoris.

— Demande-moi si je vais toucher ton clitoris, dis-je avec un sourire suffisant, et je continue à passer ma langue sur son humidité et sa chaleur.

— Toucheras-tu mon clitoris ?

— Pas encore, dis-je, la taquinant.

Elle gémit et gémît, et après quelques secondes, elle amène sa main entre ses cuisses. Je la laisse se toucher avant de traîner ses doigts dans ma bouche. Je remonte le long de son corps en rampant, l'embrassant, la goûtant, dévorant ses lèvres.

Cali enroule ses jambes autour de moi, essayant de nous faire rouler, mais je ne la laisse pas faire.

— Logan, murmure-t-elle, et c'est la première fois qu'elle gémit mon nom ce soir.

Mais ce ne sera pas la dernière.

Ma queue est raide comme un roc. Cali est absolument envoûtante avec mon nom sur ses lèvres. Ce n'est pas la seule chose que je veux sur ses lèvres.

Je grogne et tire sa culotte vers le bas, déchirant le tissu au passage. Ma queue frémit, et je veux désespérément être enfoui dans sa chaleur.

Je fais glisser mes doigts contre son clitoris, voulant la faire jouir, désespéré d'entendre ses gémissements et de sentir sa chaleur et sa chatte serrée envelopper ma verge.

Ses hanches ondulent avec mes mains, et je la laisse atteindre son premier orgasme, satisfait des hoquets et des gémissements qui s'échappent de ses lèvres.

Avant qu'elle ait le temps de récupérer, j'attrape un préservatif et l'enfile avant de taquiner les lèvres de sa chatte avec le bout de ma queue.

— Merde, marmonne-t-elle alors que son corps redescend de son premier orgasme.

— Nous n'avons pas fini, ma chérie.

Je saisis sa bonne jambe et la soulève jusqu'à mon épaule, enfonçant lentement ma queue en elle.

Elle est mouillée et glissante, mais plus serrée que je ne l'imaginais.

— Logan.

Elle gémit mon nom alors que je m'enfonce davantage dans sa chaleur, l'écartant et la remplissant de chaque centimètre de moi.

Ses ongles traînent sur mon dos et descendent jusqu'à mes fesses alors qu'elle enroule ses jambes autour de moi.

Ses joues sont rouges, sa peau est magnifique et rayonnante alors que je la baise, enfonçant ma queue durement et rapidement dans sa chaleur.

Elle tremble et me serre, me retenant comme dans un étau, et ses parois internes tremblent autour de moi. Palpitant, elle gémit alors que la deuxième vague d'euphorie l'envahit.

Je garde le rythme, ne voulant pas qu'elle perde l'orgasme qu'elle recherche alors qu'elle crie mon nom, ses mains battant contre les draps avant que je les attrape.

Sa voix se coince dans sa gorge alors qu'elle frémit autour de moi, se serrant sur ma queue.

— Logan ! crie-t-elle, et je jure que si quelqu'un est à côté à cette heure, il peut nous entendre.

Je m'en fiche.

Je veux lâcher prise et me joindre à elle. Mais je lui ai promis trois orgasmes, et je vais tenir cette promesse.

Cali halète, à bout de souffle, sa poitrine monte et descend alors qu'elle s'effondre enfin contre le matelas.

J'adorerais avoir cette femme à quatre pattes, mais je sais que ce n'est pas possible avec les bleus récents de sa chute. C'est un miracle qu'elle n'ait pas de commotion cérébrale.

— Sur le côté, commandé-je, et je la guide sur le côté pendant que je me positionne derrière elle.

— Tu ne vas rien me mettre derrière, hein ? demande-t-elle en me regardant par-dessus son épaule.

Je ris.

— On dirait que tu n'es pas fan des trucs derrière.

Je la taquine, mais je ne ferais rien sans que Cali ne soit à l'aise et ne consente.

Mes doigts frôlent ses fesses, mais ma cible est sa chatte, et je guide ma verge dans sa chaleur. Je laisse mes doigts taquiner ses plis et tourner autour de son clitoris. Mais je ne touche pas le point sensible.

Son dos s'arc-boute, appuyant sur moi alors que je commence notre danse, mes mouvements de va-et-vient accompagnés de ses gémissements de mon nom.

— Putain, grogne Cali, ses doigts s'enfonçant dans ma hanche, me caressant rudement.

Elle est désespérée de me toucher pendant que j'allume un autre feu en elle.

— Je ne pensais pas que tu pourrais faire trois, halète-t-elle, essayant de reprendre son souffle.

— Oh, je pourrais passer la journée entière à te faire jouir, ma chérie, dis-je, et je le pense.

Il y a quelque chose chez Cali qui me fait me sentir vivant à l'intérieur. Je ne me souviens pas de la dernière fois où j'ai ressenti ça pour quelqu'un.

Je ne peux pas me lasser d'elle.

Ses parois se contractent autour de ma queue, et elle tremble. Cela me montre qu'elle est prête, et je laisse mes doigts appuyer sur son clitoris, le taquinant et le frottant, alors que ses lèvres se séparent et qu'elle gémit bruyamment de plaisir.

— Cali, grogné-je, me retrouvant plus proche du précipice.

Je me retiens désespérément, voulant vivre la dernière vague ensemble. Je mords son épaule. Elle gémit, serrant ma tige, ses parois internes se contractant alors que je continue de la pénétrer et de taquiner son clitoris.

Mes orteils se recroquevillent, haletant et tremblant. Ses parois se contractent, refusant de me lâcher alors que je m'enfonce profondément en elle.

Quand elle lâche prise, je sors du lit et jette le préservatif dans la poubelle de la salle de bain. Mon cœur bat sauvagement contre ma poitrine alors que je reprends mon souffle.

Cali roule sur le dos, ses paupières lourdes.

— Reste.

Je monte dans le lit à côté d'elle, passant un bras autour de sa poitrine.

— Un petit moment.

Je baille. Je ne peux pas passer la nuit. Ma fille s'inquiétera si je ne rentre pas bientôt.

Mais le sommeil me prend avant que je puisse me dégager de son corps et enfiler mes vêtements.

À un moment donné pendant la nuit, mon téléphone vibre, et je grogne, réalisant que je me suis endormi. Je m'assois dans le lit, attrapant mon téléphone portable. C'est Julianna.

— Allô ?

Je frotte le sommeil de mes yeux et essaie de paraître éveillé. Mais il est bien passé une heure du matin.

— Ça va ? Tu n'es pas rentré, dit Julianna.

— Je m'occupe juste de Cali, dis-je, et grimace.

— Tu parles de sexe ? demande ma fille, et je jure qu'elle doit faire une grimace de dégoût.

— J'aidais à changer ses pansements, et on a perdu la notion du temps.

C'est un mensonge flagrant, mais peut-être que ma fille de quinze ans y croira. Rien n'échappe à cette gamine.

— Je serai en haut dans quelques minutes. Tu dois être au lit. Tu travailles demain.

Julianna grogne.

— D'accord. La prochaine fois, je n'appellerai pas pour voir si tu es toujours en vie.

Elle raccroche, et je descends du lit, récupérant mes vêtements par terre.

— Ta fille ? demande Cali, assise sur le lit.

Elle attrape les couvertures, se couvrant.

— Ouais, elle s'inquiétait que je ne sois pas rentré.

Je m'approche, déposant un baiser sur ses lèvres, mes doigts s'enroulant dans ses cheveux, la tirant plus près de moi.

Elle gémit et essaie de se coucher à nouveau, m'entraînant avec elle.

À contrecœur, je romps le baiser.

— Viens me voir demain quand tu seras réveillée. Nous pourrons prendre le petit déjeuner ensemble.

— C'est tellement domestique, me taquine Cali. Et j'ai l'intention de faire la grasse matinée. Tu dois travailler. Pas moi.

Elle tire davantage les couverture.

— Un brunch ? suggéré-je.

— Peut-être.

Ses paupières se ferment et je ne suis pas sûr si elle me repousse ou si elle est juste trop fatiguée. Je l'ai épuisée. Mais ça en valait la peine.

CHAPITRE HUIT

CALI

Je n'arrive pas à croire que j'ai couché avec Logan Henderson. Mes genoux sont comme de la gelée, et mes entrailles palpitent rien qu'en pensant à la bite de cet homme à l'intérieur de moi.

Il a tenu sa promesse de me donner trois orgasmes. Et chacun était plus intense que le précédent.

Demain matin, je dois partir tôt pour l'aéroport, alors je passe la journée à traîner en pyjama et à ranger mes affaires. Dans l'après-midi, je prends un covoiturage jusqu'à la ville la plus proche pour acheter un nouveau téléphone portable, car le mien est foutu.

Il est enfoui sous la neige, mais heureusement, même de loin, le téléphone peut être verrouillé si quelqu'un le récupère.

Je n'ai pas revu Logan depuis tôt ce matin quand il est parti et est retourné dans sa chambre. Pas que je ne veuille pas le voir. Je veux dire un au revoir convenable, mais je ne suis vraiment pas sûre de ce qu'il va vouloir après la nuit dernière.

Ce n'est pas un homme intéressé par une aventure, mais n'est-ce pas ce que nous avons fait ? On ne sort pas ensemble. On ne vit même pas dans le même État. Géographiquement, nous sommes sur le même continent et près de la même côte. Mais c'est à peu près tout. Nous vivons dans deux mondes très différents.

Je voyage pour le travail, et c'est surtout dans des régions ensoleillées et chaudes. Il vit dans les montagnes glaciales. Je ne suis pas sûre que je pourrais faire ça toute l'année. Bien sûr, s'il gardait mon lit chaud, ce serait une possibilité, mais ce n'était qu'une nuit.

Il ne va pas me demander de m'installer avec lui et de l'épouser.

Ce serait insensé.

On frappe fermement à ma porte de chambre.

— Oui ? Est-ce que c'est le service d'étage ?

Ils ne sont pas encore venus faire le lit ni changer les serviettes aujourd'hui.

— Cali, ouvre. C'est moi.

La voix de Logan traverse la porte.

Un petit sourire tire les coins de mes lèvres alors que je vais vers la porte et la déverrouille. Mon genou va beaucoup mieux, tout comme ma cheville. J'ai pris un autre bandage, ce qui aide énormément contre la douleur.

— Salut, entre.

— Tu vas bien ? Je ne t'ai pas vue en bas. Où sont tes béquilles ?

— Probablement en bas au restaurant, dis-je en riant. Je vais très bien. Je veux dire, je devrais être dans un pire état après cette chute d'hier.

J'ai presque l'impression de rêver et je veux me réveiller. Sauf que le rêve est parfait, et j'ai peur de faire face à la réalité.

— Laisse-moi aller chercher les béquilles, dit Logan, se dirigeant vers la porte.

— Non, ça va !

Je lui montre que je peux me promener dans la chambre d'hôtel avec mes bottes.

— Tu vois, je ne boîte pas.

— C'est pas mal, admet-il avec un sourire. Tu as l'air en meilleure forme. Peut-être que trois orgasmes étaient le remède dont tu avais besoin pour te sentir mieux.

Je ris. Mes joues brûlent juste en me rappelant la nuit dernière.

— Comment va Julianna ? demandé-je, curieuse de savoir à quel point sa fille lui a donné du fil à retordre quand il est rentré la nuit dernière.

— Elle est en bas au stand de location d'équipement.

Logan désigne mes bottes de location.

— Ça te dérange si je les descends ?

— C'est pour ça que tu es monté dans ma chambre ?

— Je voulais te voir. J'espérais qu'on pourrait prendre le brunch, mais c'est un peu tard maintenant.

La journée est à moitié passée, mais elle n'a certainement pas été gaspillée.

— Désolée, je suis partie en courant plus tôt aujourd'hui pour acheter un nouveau téléphone et tout mettre en place dessus. Je préfère avoir ma carte d'embarquement sur mon téléphone.

Logan acquiesce.

— C'est vrai. Tu pars demain.

Il marque une pause et s'approche de moi.

— As-tu fini ton travail ?

— Ma critique vidéo ?

Je secoue la tête.

— Je vais la monter dans l'avion. J'ai téléchargé toutes les séquences depuis le cloud, il me suffit de les assembler comme je le souhaite.

— Tu as eu assez de plans ? As-tu besoin de quelque chose de ma part ?

Je fais un sourire en coin.

— Je voulais une interview avec le propriétaire, mais je n'ai pas envie que tu vendes cet endroit aux dames. Je suis égoïste.

Je souris en coin, voulant qu'il sache qu'il n'aura pas toutes les filles qui le pourchassent quand j'aurai fini la critique.

Non pas que ce soit quelque chose de mauvais, mais je ne veux pas que les femmes célibataires sachent qu'il est le milliardaire le plus convoité. Je préfère le faire passer pour un grincheux des montagnes que de laisser quiconque connaître le vrai lui.

— Je ne pense pas que tu sois égoïste, dit Logan, enroulant ses bras autour de ma taille et me tirant contre lui.

Ses lèvres écrasent les miennes, et je fonds dans ses bras.

— Mais est-ce que c'est égoïste de ma part si je veux que tu restes plus longtemps ?

Je lui presse un baiser sur la joue.

— Je dois rentrer chez moi, mais nous pouvons quand même être amis.

— Je veux plus qu'une amitié avec toi, Cali. Je pensais avoir été clair à ce sujet.

Mon souffle se bloque dans ma gorge.

— J'aimerais aussi, mais je ne sais pas comment ça pourrait fonctionner. Je vis à Los Angeles, et tu vis ici à Breckenridge.

Il presse ses lèvres ensemble et passe ses doigts dans mes cheveux, relevant mon menton pour que mes yeux rencontrent son regard intense.

— Nous pouvons faire fonctionner une relation à distance.

J'ai le sentiment qu'il en veut plus, mais ce n'était qu'une nuit et une semaine dans les montagnes.

— Donne-moi ton téléphone, dit Logan, et je le déverrouille avant de lui tendre.

Il entre son numéro de téléphone et l'enregistre dans mes contacts.

— Je m'attends à ce que tu m'envoies un message quand tu seras rentrée.

Je ne discute pas avec lui, car je sais que sa demande est motivée par l'inquiétude. Il se soucie de moi.

Il plonge la main dans sa poche de pantalon et sort son téléphone portable.

— Puis-je avoir ton numéro ?

Je ris et lui arrache son téléphone et entre mon contact. Au lieu de mettre mon nom, je tape Ma Petite Amie. J'ajoute même mon adresse. Pas que je pense qu'il se présentera, mais je veux qu'il l'ait.

Il fourre son téléphone dans sa poche, sans avoir remarqué le nom ou l'adresse. C'est probablement mieux ainsi. Je ne veux pas qu'il pense que je suis collante. Parce que ce n'est pas le cas.

J'aime bien Logan, vraiment. Et j'aimerais que cela devienne plus qu'une simple histoire d'une nuit. Pas que nous ayons jamais été vraiment amis.

— Et si nous prenions quelque chose à manger là-haut ?

— Et ta fille ?

— Elle nous rejoindra, dit Logan.

Je ne suis pas déçue de ne pas pouvoir avoir Logan pour moi seule. Au lieu de cela, c'est une sensation étrange et chaleureuse qui m'envahit, me faisant sentir comme faisant partie de la famille. Le fait qu'il veuille que je sois près de sa fille est un changement agréable par rapport à notre première rencontre.

— Oh, d'accord.

Je souris et attrape un pull. Je ne m'attends pas à ce que nous sortions, alors je laisse mon manteau dans la chambre, mais le chalet a quelques coins frais.

Je laisse mon téléphone dans ma chambre. La seule personne qui m'a envoyé des messages aujourd'hui, c'est Bridget, qui veut savoir où j'en suis sur la critique de la station. Elle est impatiente de voir la vidéo avant que je la publie.

Je ne peux m'empêcher de me demander ce qui s'est passé entre elle et Logan. Comment se connaissent-ils ? Il était clair qu'il ne voulait pas en discuter devant Julianna, mais sa fille n'est pas dans ma chambre d'hôtel.

— Puis-je te poser une question ?

— Oui, dit Logan, ses yeux fixant droit dans mon âme.

J'inhale brusquement, essayant de reprendre mon souffle.

— Bridget Lancaster. À quel point connais-tu ma patronne ?

Ses narines se dilatent, et il fourre ses mains dans ses poches.

— Elle est amie avec mon ex-femme. Il y a des années, Bridget me draguait alors que j'étais marié et elle semblait se moquer du fait qu'elle et Jess étaient meilleures amies.

— Quelle amie...

— Je sais bien. Mais ce n'est pas tout. Quand Jess me trompait, elle me disait qu'elle allait prendre un café ou voir une comédie romantique avec Bridget. Elle l'utilisait comme prétexte pour coucher avec son nouveau petit ami.

Ses mains sont serrées en poings à ses côtés.

— Je suis désolée, je n'en avais aucune idée.

— Cette femme est le diable.

Je ne suis pas en désaccord avec lui. Je n'ai jamais été particulièrement fan de Bridget. Mais il n'y a jamais eu de raison précise de ne pas l'aimer. Parfois, elle est dure avec moi, mais j'ai toujours pris cela comme une tentative de mentorat dans le domaine.

— Elle est difficile, dis-je.

— Et tu travailles pour elle.

Une tension imprègne ses veines et le fait se tenir plus droit.

— Je te promets, Logan, je ne suis pas comme elle.

— Tant mieux, car je ne m'entends pas avec les menteuses ou les infidèles.

Il me serre dans ses bras.

— Plus de discussions sur Bridget, d'accord ?

Je soupire de soulagement. La conversation est devenue trop sérieuse trop vite.

— Ça me convient.

Nous sortons de ma chambre d'hôtel.

— As-tu besoin que je te porte ? demande-t-il en me soulevant de mes pieds alors que nous nous dirigeons vers l'ascenseur.

— Ça va. Vraiment, tu peux me poser !

Je n'arrête pas de rire jusqu'à ce que mes pieds soient fermement plantés sur le sol. Logan garde son bras autour de ma taille, s'assurant que je suis stable et que je ne tomberai pas.

Il est parfait. Trop parfait, en fait. Pourquoi son ex-femme s'est-elle écartée de lui ? Quelle femme briserait le cœur de Logan ? Je ne ferais jamais une chose pareille.

— Cali !

Les yeux de Ju s'illuminent quand elle me voit suivre Logan à l'intérieur.

— Tu restes pour le dîner ?

— Si c'est ok pour toi, alors oui.

Je ne suis pas sûre de la manière dont elle gère le fait que son père ait une relation. Cependant, elle semblait nous pousser ensemble hier soir.

— J'adorerais que tu restes. Je veux dire, pour dîner.

Elle se racle la gorge.

— As-tu parlé à mon père du stage d'été ?

— C'est quoi cette histoire de stage ? demande Logan, levant un sourcil vers moi.

— Chaque été, Vacationer's Paradise propose un stage pour au moins un lycéen.

Les yeux de Ju sont brillants et grands.

— J'espère que ce sera moi !

— Absolument pas, intervient Logan. Tu ne travailleras pas avec Bridget Lancaster.

— Et Cali ? Je travaillerais avec toi, n'est-ce pas ? demande Ju.

— Oui, mais ton père a raison. Tu serais directement sous les ordres de Bridget tout en m'aidant.

Ju se plaint et s'effondre sur le canapé, boudeuse.

— C'est nul. Pourquoi je suis punie pour ce que Bridget et Maman ont fait ? C'est injuste.

— La vie n'est pas toujours juste, dit Logan. Plus tôt tu apprendras ça, mieux ce sera.

— C'est une leçon difficile à apprendre, dis-je. Je suis sûre qu'il y a des qualités positives chez Bridget, tout comme il y en a chez ta mère.

Logan hausse un sourcil.

— Qu'est-ce que tu fais, Cali ?

Je ne sais pas.

— J'essaie de calmer le jeu. Tu es aigri.

Il s'approche, pénétrant mon espace personnel. Il est assez près pour m'embrasser, mais je m'abstiens de toute forme d'intimité en présence de sa fille. Je ne suis pas très sûre de ce qui est approprié en sa présence.

— Pas besoin.

— Je suis d'accord avec Cali, tu es super aigri, ajoute Ju.

Le téléphone portable de Logan sonne, et il jette un coup d'œil à l'appelant avant de raccrocher.

— Est-ce que tu dois répondre ? demandé-je.

— Je pourrai rappeler Levi plus tard. Je suis sûr que ce n'est pas urgent.

Il dépose un doux baiser chaste sur mes lèvres avant de se diriger vers le réfrigérateur. Il l'ouvre et récupère trois steaks pour le dîner.

— Levi ? demandé-je, ne sachant pas grand-chose de Logan, de ses amis ou de sa famille.

— L'un de mes amis à New York. Il a eu une année mouvementée. Je l'ai invité, lui et sa famille, à la station.

— Peut-être qu'ils viendront nous rendre visite, dit Ju, ses yeux s'illuminant. Ils ont une fille de six ans, Amelia. J'ai hâte de l'emmener sur les pistes de ski.

Logan jette un coup d'œil à sa fille.

— Tu ne descendras plus ces pistes sans un parent désormais.

— Quoi ? crie-t-elle. Je ne suis pas tombée du télésiège. Pourquoi je suis punie ?

Je me mords la langue. Ju a raison, mais Logan aussi. Il veut seulement ce qu'il y a de mieux pour sa fille et je ne veux pas être un obstacle.

— Puis-je aider pour le dîner ? demandé-je, essayant de contourner le sujet et espérant le changer pour quelque chose de moins dramatique.

Ju semble sur le point de fondre en larmes à tout moment. Ses joues sont rouges, ses yeux grands ouverts, et elle continue à serrer les poings.

— Ce n'est pas juste, gémit-elle. Je sais skier. Je le fais depuis presque ma naissance.

— Je sais, mais je dois faire vérifier l'équipement pour m'assurer que le télésiège n'est pas défectueux. Et tu connais les règles en ce qui concerne les partenaires de ski. Une fille de six ans n'est pas un partenaire adéquat pour toi.

— Est-elle pire que Cali ? demande Ju en me souriant. Aucune offense.

Logan prend une planche à découper sous le comptoir et commence à hacher de l'ail et des oignons.

— Cette discussion est terminée. Nous verrons quand Levi viendra en ville avec Clare et Amelia. D'ici là, pas de ski sans adulte.

— Cali est une adulte et...

— Ça suffit ! hurle Logan.

Ju fronce le nez et soupire à voix basse avant de partir en trombe dans sa chambre. Elle claque la porte derrière elle.

— Les adolescents, marmonne-t-il à voix basse.

Je reste près du comptoir, pressant les lèvres ensemble, me demandant ce que je peux faire pour aider.

— Veux-tu que je coupe les légumes ?

— Non, si tes compétences en coupe sont à peu près les mêmes que tes compétences en marche, laisse-moi les couteaux tranchants.

Il soupire lourdement.

— Je suis désolé que tu aies dû voir ça, dit-il, en désignant la chambre de Ju.

— Ce n'est rien.

— Non, c'est quelque chose, dit-il. Elle est un peu de mauvaise humeur depuis qu'elle a quitté New York.

— Ça a dû être difficile, de laisser tout le monde derrière elle. Mais elle se fait des amis. Il y a Izzie.

J'ai rencontré son amie il y a quelques jours.

— Ouais, Izzie et Julianna vont à l'école ensemble. Ces deux-là semblent inséparables par moments, dit-il doucement, pensif, tout en découpant les légumes.

— Qu'est-ce qui te tracasse ?

— Je réfléchis juste à toutes les façons différentes dont je pourrais te faire kidnapper et forcer à rester dans ma station.

Il rit et me lance un sourire malicieux.

— Plus sérieusement, tu vas me manquer. Au cas où tu ne le saurais pas.

— Tu vas regretter de ne plus me porter pour le dîner et à travers le chalet, pendant que tout le monde observe et se demande ce qui se passe, et quand est-ce que leur tour viendra ?

— Je ne porterai personne d'autre, dit-il d'un ton bourru. C'est réservé juste pour toi.

Je pose ma main sur mon cœur.

— Je suis honorée que tu fasses de moi la seule et unique fille que tu portes à travers la station. Est-ce que je peux mettre ça sur une plaque commémorative ?

— Non.

Il rit bruyamment et secoue la tête.

— Et si tu m'aidais avec la salade ? Il y a une laitue dans le frigo. Tu peux la rincer et la déchirer en morceaux.

— Wow, tu ne me fais vraiment pas confiance avec un couteau.

Je plaisante à moitié. Et je ne lui en veux pas. J'ai été assez maladroite cette semaine. N'ajoutons pas un doigt coupé à la liste des choses qui ont mal tourné dans la station.

— Je ne veux pas qu'on doive voler jusqu'à l'hôpital le plus proche, qui est de l'autre côté de la montagne.

J'ouvre le frigo et sors la laitue avant de la rincer dans l'évier.

— Quels sont tes projets pour Noël ? demande-t-il en me jetant un coup d'œil.

Si je lui dis que je ne célèbre pas les fêtes, surtout Noël, il va penser que je suis aigrie comme lui.

— Rien de spécial, dis-je en forçant un sourire.

— Tu vas le passer avec quelqu'un ?

— Non, je dois rentrer chez moi pour monter la vidéo pour le vlog. Bridget la veut dès le lendemain de Noël, donc je dois me concentrer, enregistrer la voix off, ce genre de choses.

J'espère qu'il ne va pas me demander de rester pour Noël.

Je ne suis pas prête pour ce genre d'engagement.

J'aime beaucoup Logan, mais il a une fille, et ne devraient-ils pas passer les vacances ensemble, en famille ? De plus, son frère est ici, et après le spectacle entre eux au bar, il vaut mieux que nous ne traînions pas tous les trois ensemble.

— C'est dommage, dit-il, son regard ne quittant pas le mien. Je devrai descendre un jour, te rendre visite quand tu auras du temps libre.

— J'adorerais.

Un sourire effleure ses traits.

— La longue distance...

Sa voix s'éteint, comme s'il omettait quelque chose, bien que je ne sache pas quoi.

Je laisse tomber, ne voulant pas pousser trop fort. Je n'ai jamais eu l'impression que les relations à distance durent. Elles peuvent survivre pendant un certain temps, mais pas éternellement. Logan vient d'acheter une station de ski et je suis bien heureuse à Los Angeles. Je ne nous vois pas fonctionner sur le long terme.

La porte de la chambre grince en s'ouvrant et Julianna se faufile dans le salon. Il y a une tension entre Logan et sa fille, une rugosité provenant de la dispute précédente que j'aimerais voir se dissiper en ouvrant une fenêtre.

J'ai fini avec la laitue et Logan ordonne à sa fille de découper les autres ingrédients pour la salade. Elle ne proteste pas. Ses épaules sont affaissées, et elle fait ce qu'il demande sans broncher.

— Papa, tu penses peut-être qu'on pourrait construire une salle de jeux sur la propriété ? demande Julianna.

— On n'a pas assez de consoles de jeux vidéo qui prennent la poussière par ici ?

Logan fait un geste en direction du salon.

— Je veux dire des jeux d'arcade. Pacman. Air Hockey. J'ai demandé à Izzie s'il y avait une salle d'arcade aux alentours où on pourrait aller parfois, et elle a dit qu'il n'y a aucun endroit à proximité.

Logan souffle un soupir pesant.

— J'y réfléchirai.

— C'est une excellente opportunité d'investissement, insiste Julianna, ne cédant pas. Les ados adorent sortir sans leurs parents. Ce serait un bon endroit en été quand les affaires ralentissent pour le chalet, ou même le soir. Je veux dire, on ne ferme pas pour la basse saison. L'hôtel est toujours ouvert. Pourquoi ne pas construire une salle d'arcade ?

— Tu préférerais une salle d'arcade à un toboggan aquatique ?

Les yeux de Julianna s'élargissent, et ses lèvres se pressent.

— Tu n'envisageais pas sérieusement de transformer la piscine en parc aquatique intérieur. Si ?

— Cela m'a traversé l'esprit. Et ce serait une extension, pas une partie de la piscine.

— On peut avoir les deux ? demande Julianna. Le parc aquatique intérieur serait génial pour les clients et la salle d'arcade conviendrait mieux aux habitants.

— Je prends en compte ta demande, dit-il. Mais je ne fais aucune promesse, pour l'un ou l'autre.

— Qu'en penses-tu ? demande Julianna en me regardant, cherchant mon avis.

Je suis sûre qu'elle veut que je sois de son côté.

— Je pense que c'est un investissement assez important et une décision qui appartient entièrement à ton père.

Logan esquisse un sourire.

— Merci de ne pas t'en mêler.

Je lève les bras en signe de reddition.

— Je ne serai pas là pour profiter de l'un ou l'autre.

Il soupire.

— Je n'ai vraiment pas besoin que tu te noies sur un toboggan aquatique.

Notre temps passé ensemble semble trop court, trop éphémère. En un clin d'œil, je me dirige vers l'aéroport et rentre chez moi, à Los Angeles.

Le soleil est chaud, le ciel lumineux, et il n'y a pas de neige ici en décembre. C'est parfait. Sauf qu'il manque une chose, enfin, techniquement deux choses. Logan et sa fille.

Je passe les vacances à réaliser trois critiques vidéo différentes pour le Blue Sky Resort. Toutes vantent les équipements qu'ils ont à offrir. Bridget peut décider d'en utiliser une ou les trois si elle le souhaite. Elle m'a toujours félicitée de lui donner des options, alors je sauvegarde les fichiers une fois que j'ai terminé et les télécharge sur le cloud.

Normalement, j'enverrais un courriel, mais c'est Noël, et cela semble peu élégant. Juste parce que je n'ai pas de vie, ça ne veut pas dire que les autres ne sont pas occupés.

De plus, Bridget n'a pas besoin de savoir que je passe mes vacances à travailler. Ce n'est pas comme si j'allais recevoir une prime ou un supplément de salaire. Je suis une contractuelle. Pas de salaire. Pas d'avantages.

Parfois, c'est épuisant. Mais pouvoir séjourner dans des hôtels, vivre somptueusement, manger et partir en vacances gratuitement, c'est un rêve devenu réalité.

Et ce n'est pas à mes frais, ce qui rend les choses encore meilleures.

J'envoie un sms de joyeux noël à Logan. Pas que je m'attende à une réponse de sa part. Il est occupé avec sa famille, comme il se doit.

Mon téléphone émet un bip de notification. Je ne devrais pas être si enthousiaste à l'idée de recevoir un texto de sa part. Il n'est pas mon petit ami. Honnêtement, je ne sais pas trop ce que nous sommes, ou ce que nous ne sommes pas, d'ailleurs.

Qu'est-ce que tu fais ?

Son message me fait sourire. Le père célibataire grognon semble avoir changé. Peut-être n'est-il pas si difficile après tout.

Sur le canapé avec un pot de Ben & Jerry's.

Tu aurais dû rester ici pour Noël. J'aurais pu te faire revenir dès le matin.

Un soupir lourd m'échappe.

Je devais finir mon travail ce week-end. Et honnêtement, les vidéos sont incroyables. Tu seras tellement surpris par ce que j'ai fait que ça te laissera sans voix.

En bien ou en mal ?

Tu devras attendre pour le savoir, dis-je, espérant qu'il se doute que c'est en bien.

J'aime juste maintenir le suspense.

Si c'est en mal, j'espère que tu me dirais ce qui s'est passé, et je pourrais rectifier cela pour les autres clients.

Se fait-il du souci que je lui donne une critique d'une étoile ?

Je pose mon pot de crème glacée sur la table basse tout en lui répondant.

A part tomber du télésiège et frôler la mort ?

Je plaisante avec lui. Il doit me connaître suffisamment pour le savoir maintenant.

Il commence à taper sa réponse. Trois points clignotent pendant qu'il répond avant de disparaître.

Silence.

C'est le jour de Noël. Il est probablement occupé et a été interrompu par Julianna ou Wyatt.

Quand le vlog sera posté, il verra que je lui ai donné cinq étoiles et une critique élogieuse.

Le lendemain au travail, je suis à mon bureau, en train de monter une dernière séquence. Ce n'est pas que Bridget ait besoin d'une quatrième vidéo, mais je veux quelque chose d'amusant qui mette en valeur Logan. J'ai pris quelques séquences où je zoome sur ses bras épais et musclés couverts d'encre. Un plan de lui s'éloignant en furie, les poings serrés le long du corps.

Un frisson me parcourt l'échine.

Même quand il bouillonne, il est sexy.

Les talons de Bridget résonnent sur le sol lorsqu'elle se dirige vers mon bureau. Je relève les yeux de mon écran lorsqu'elle entre sans même dire bonjour.

— J'ai examiné tes vidéos.

Il n'y a pas de sourire sur son visage, pas d'éclat dans ses yeux d'un travail bien fait.

Elle vient à mon bureau, s'asseyant en face de moi sur la chaise vacante.

— Je t'ai confié de nombreuses missions, Cali. Je comptais sur toi pour donner un portrait honnête d'un complexe. Je ne comprends pas comment tu peux donner cinq étoiles à l'endroit où tu t'es foulée la cheville et où tu es tombée d'un télésiège.

— Ce n'était pas de leur faute - celle du Blue Sky Resort.

Ses yeux se contractent et sa mâchoire se serre.

— Le fait que tu sois tombée d'un télésiège prouve que l'endroit est dangereux. Si l'équipement a dysfonctionné, ou s'il n'y avait pas de barre pour te retenir en place, de toute façon, c'est une poursuite en attente. Je vais contacter un avocat.

— Il y avait... commencé-je, mais Bridget me coupe.

— Je sais que tu aimes voir tout avec une attitude joyeuse et ensoleillée. Je pensais que t'envoyer à la montagne, dans un climat froid et hivernal, t'aiderait à avoir un peu de perspective pour ta prochaine vidéo. Nos téléspectateurs ne veulent pas voir cinq étoiles pour chaque destination que nous évaluons.

— Je ne donne pas toujours cinq étoiles. J'ai donné quatre étoiles à ce complexe jamaïcain avec les draps sales.

Bridget roule des yeux, peu impressionnée.

— Tu n'es pas assez dure. Je t'ai envoyée à la montagne en m'attendant à une critique d'une étoile. Tu détestes le froid, tu n'as jamais fait de ski de ta vie, et c'est le milieu de l'hiver. C'est dommage qu'il n'y ait pas eu de tempête de neige, et que tu sois restée coincée à la station. Tu aurais pu voir qu'il y avait peu à faire en dehors du ski.

— C'est une station de ski. Je ne m'attendais pas à un spa et une plage.

Bridget se lève, contrariée par ma réplique.

— Je ne te paie pas pour partir en vacances et laisser des critiques ennuyeuses de cinq étoiles. Nous devons être audacieux et innovants. Nous voulons être un leader dans la catégorie des loisirs. Ça ne se produira pas avec toi dans notre équipe.

Ma tête tourne, et ma bouche s'ouvre.

— Tu me licencie ?

— Je te laisse partir, dit Bridget. Les séquences vidéo sur lesquelles tu travailles sont notre propriété. Tu ne dois pas les toucher ni les poster nulle part. Est-ce que c'est clair ? Nous avons payé ton voyage. Les séquences que tu as tournées nous appartiennent.

J'expire un soupir lourd.

— Oui, je connais les termes de mon contrat.

— Très bien. Range tes affaires. Je veux que tu partes immédiatement.

CHAPITRE NEUF

LOGAN

Je n'ai pas de nouvelles de Cali. Pas le moindre petit texto. Et je n'ai toujours pas vu la vidéo.

Mon estomac continue à gargouiller, et je le réduis au silence avec plus de café. Je suis nerveux, et la caféine n'aide pas.

Elle a beaucoup apprécié son temps à la station, mais était-ce à cause de moi ou parce que l'endroit mérite une note élevée ?

Je crois que nous méritons cinq étoiles, mais pense-t-elle la même chose ? Elle est tombée du télésiège, ce qui, selon Julianna, n'avait rien à voir avec un dysfonctionnement et tout à voir avec le manque de prudence de Cali.

Cette fille devrait être entourée de papier à bulles.

Je jette un coup d'œil à mon téléphone. Devrais-je lui envoyer un texto ? C'est elle qui a répondu en dernier, et je n'ai rien envoyé depuis.

Je surveille l'application où Cali publie ses critiques vidéo pour Vacationer's Paradise. Une nouvelle vidéo a été publiée il y a deux minutes.

Exhalant un soupir, je clique dessus, et toutes mes craintes ne sont rien comparées à l'horreur que je découvre. Il y a un gros plan de mes biceps et des tatouages qui couvrent mes bras. Je ne suis pas aussi bronzé que je le voudrais, mais nous sommes en décembre.

Il n'y a pas de voix off, seulement des légendes qui apparaissent tout au long de la vidéo.

Logan Henderson, milliardaire et propriétaire du Blue Sky Resort.

D'accord, la critique vidéo se concentre un peu trop sur moi, mais peut-être que c'est de ma faute. J'ai couché avec Cali.

Agréable à regarder. Mauvais au ski.

Il y a des images d'un groupe en cours de leçon de ski apprenant à descendre les petites pistes, beaucoup d'entre eux tombant et se percutant les uns les autres.

Mais ce n'est pas moi sur la vidéo. Est-ce qu'elle insinue que je ne sais pas skier ? Cali ne m'a jamais vu skier. Je frotte l'arrière de mon cou et regarde avec horreur la vidéo empirer.

Douteux. Dangereux. Mortel. Laisseriez-vous votre enfant skier ici ?

C'est une attaque, pire que celles d'une campagne électorale.

La vidéo montre Julianna et son amie Izzie faisant du snowboard sur les pentes. Elles font tout ce que j'ai appris à ma fille, y compris porter un casque pour se protéger. Mais Izzie chute dans la neige.

Et ensuite, le cauchemar commence. Il y a des images brutes provenant des caméras de sécurité montrant Cali glissant hors du télésiège et tombant. Pas une fois, mais trois, au ralenti.

Essaie-t-elle de saboter la station ? Veut-elle que je fasse faillite et que le complexe ferme ? Parce que la vidéo est plutôt accablante.

Logan Henderson, le milliardaire, devrait se tenir à ce qu'il connaît. La grande ville.

Cali est une vicieuse.

La seule chose que je regrette plus que de l'avoir aidée pendant qu'elle était ici, c'est d'avoir couché avec elle.

Je ne peux pas regarder le reste de la vidéo. Je balaye l'application et la ferme avant de me lever de mon bureau. Le travail doit attendre. Je veux que chaque souvenir de Cali soit retiré de chez moi et du chalet.

Bien que je ne puisse pas brûler les souvenirs, je peux détruire les choses qu'elle a touchées. Mes draps, pour commencer. La dernière nuit ensemble quand elle est restée après que Julianna soit allée se coucher.

La première chose sur la liste à détruire, ce sont les draps blancs.

Je ne veux plus jamais sentir son parfum. Ses phéromones sont addictives et hypnotiques. La femme, telle une sorcière, m'a attiré dans son lit en se faisant passer pour quelqu'un qu'elle n'est pas.

Je me dirige directement vers l'ascenseur quand Julianna apparaît.

— Papa ! crie-t-elle en me poursuivant.

J'appuie sur le bouton de l'ascenseur. Je ne veux parler à personne.

Mais Julianna court plus vite et se glisse entre les portes doubles alors qu'elles se ferment.

— Bon sang, Julianna ! crié-je.

Elle aurait pu se blesser.

Je glisse la clé dans la serrure de la suite penthouse et appuie sur le bouton.

— Je suppose que tu as vu la vidéo, dit Julianna.

Elle tire sa lèvre inférieure entre ses dents. Ses yeux brillent de larmes.

Je passe mon bras autour de son épaule.

— Je suis désolé.

Je secoue la tête, en colère contre moi-même d'avoir fait confiance à cette petite sorcière.

— J'aurais dû savoir de ne pas lui faire confiance. Elle est dans les médias, et ils déforment toujours la vérité.

Je l'ai vu d'innombrables fois, pas nécessairement avec moi mais avec d'autres que je connais.

— Ce n'est pas de ta faute si elle nous a trahis. Et elle a fait passer Izzie pour une idiote !

La lèvre inférieure de Julianna tremble.

— Si Izzie voit la vidéo d'elle en train de chuter, elle ne me pardonnera jamais.

Je tousse pour me dégager la gorge et me redresse.

— Je vais contacter mon avocat et faire retirer les images.

— Papa, non !

Les yeux de Julianna s'élargissent.

— Cela ne fera qu'empirer les choses. Laisse tomber. N'attire pas davantage l'attention sur la critique. Peut-être qu'elle disparaîtra.

Elle ne disparaîtra pas toute seule, mais j'apprécie le sentiment de ma fille. Nous atteignons le dernier étage, et les portes doubles s'ouvrent.

Julianna sort en premier, et je me dirige directement vers la chambre. Je ne suis pas sûr que Julianna soit au courant que Cali a passé la nuit avec moi. Nous avons essayé de garder cela secret.

J'arrache les couvertures et les draps du lit. La pièce sent son odeur, avec des notes d'amande, de vanille et de lavande. Cela chatouille mon nez, brûlant mes sens. Je veux tout détruire.

Ma fille ouvre la bouche pour dire quelque chose mais la referme rapidement.

— As-tu essayé de l'appeler ?

— A quoi bon ?

Elle a été claire avec la critique, elle était seulement intéressée à me détruire. Cette femme se fichait éperdument de mes sentiments, ou de ceux de ma fille, d'ailleurs.

Julianna ne répond pas. Elle secoue la tête et ouvre les doubles portes du balcon, laissant l'air frais pénétrer dans la chambre.

N'importe quoi pour éliminer l'odeur de Cali sur mes draps. Elle est enivrante.

Nous défaisons le lit, et bien que j'aimerais brûler les draps, Julianna me convainc de les faire laver par notre service d'entretien et de les remplacer par de nouveaux. Nous pouvons toujours donner les anciens. Ils sont encore en parfait état. Pratiquement neufs.

Mon téléphone sonne, et je fouille dans ma poche, incertain s'il s'agit de Wyatt ayant besoin d'aide en bas ou de quelqu'un d'autre me cherchant pour répondre à une question ou aider un invité.

Je jette un coup d'œil à l'identifiant de l'appelant et rejette l'appel.

— Cali ? demande Julianna, jetant un coup d'œil par-dessus mon épaule pendant que je bloque le numéro.

Je ne veux plus jamais lui parler.

Certaines trahisons coupent profondément et détruisent une personne de l'intérieur. J'ai déjà suffisamment de mal à apprendre à faire confiance à une autre personne après que mon ex m'a trompé avec mon meilleur ami.

Je ne m'attendais pas à une trahison de la part de Cali. Je n'aurais jamais pensé que la brune avait un côté sombre. Elle avait toujours été ensoleillée, insouciante et douce.

Elle m'a bien eu.

— Tu ne vas pas répondre à son appel ? demande Julianna.

— Il n'y a aucune raison. Elle voulait juste faire le buzz. Espérons simplement que ça ne fonctionne pas.

Je tends mon téléphone portable à ma fille.

— Supprime cette application de mon téléphone. Je ne veux plus jamais la voir ni voir aucune de ses vidéos.

— Tu peux simplement la bloquer sur l'application, dit Julianna.

Je lève un sourcil.

— Supprime-la.

Elle a de la chance que je ne lui demande pas de supprimer l'application de son téléphone aussi.

— Que cela serve de leçon, jeune fille. Les influenceurs courent après la prochaine grande tendance. Ils sont là pour les vues et les likes. Ils se fichent de qui ils blessent ou détruisent dans le processus.

— Ce n'est pas toujours vrai, dit Julianna.

Elle tape sur mon téléphone, supprimant l'application, avant de me le rendre.

— Je suis déçue de ne pas faire de stage pour Cali cet été.

Je ne peux pas avoir cette conversation avec Julianna. Si cela dépendait de moi, je l'éloignerais de tous les influenceurs et des réseaux sociaux. Ce n'est pas sain pour elle.

Je sors de la chambre en trombe, laissant les draps en tas par terre. Je me dirige bruyamment dans le salon. Deux coussins me rappellent Cali, même s'ils étaient là bien avant qu'elle ne mette les pieds dans le penthouse. Elle a posé sa tête sur un coussin pendant qu'il était sur mes genoux, et tenait l'autre serré contre sa poitrine.

Je saisis les coussins et les jette dans la chambre sur le sol avec le tas de draps et de couvertures.

— Appelle le service d'entretien et fais-les enlever les draps et les coussins par terre. Je ne veux plus jamais voir ces trucs.

———

Je fais tout ce que je peux pour oublier Cali. Pour la purger de ma mémoire. Son parfum. Son toucher. Son goût sur mes lèvres.

Pendant les jours qui suivent, je me noie dans l'alcool jusqu'à ce que Wyatt me retire les bouteilles du penthouse et que je sois trop fatigué pour descendre au bar.

Si Cali essaie d'appeler, je n'en sais rien. Son numéro est bloqué. Je pense à le débloquer, mais l'envie passe aussi vite qu'elle est venue.

Je la méprise.

Cette femme savait comment me détruire plus rapidement que quiconque que j'aie jamais rencontré. C'est dégoûtant. Répugnant.

Mes yeux brûlent, mais je ne pleure pas. Je ne suis pas un homme qui verse des larmes pour une femme que je connaissais à peine.

— Tu vas rester enfermé ici pour toujours ? demande Wyatt.

Il croise les bras sur sa poitrine.

— Ça semble être la chose à faire. Elle a détruit mon entreprise.

— Non, c'est toi qui fais ça, à traîner dans le penthouse au lieu d'accueillir les invités et d'aider le personnel. Tu sais que cette période de l'année est chargée pour la station.

— Nous avons eu plusieurs annulations.

Je les mets sur le dos de Cali et de sa tentative de nous détruire.

— Certaines compagnies aériennes sont en grève. Tu ne peux pas reprocher à Cali que les invités ne puissent pas venir. Il y a aussi des annulations dues aux intempéries. Nous sommes en décembre. Les tempêtes de neige arrivent.

— Ce ne sont que des excuses. Tu verras que ce sera pareil après le nouvel an.

— Essaie de te détendre. Fais-toi masser ou quelque chose. Trouve une jolie petite blonde au bar. Couche avec elle et passe à autre chose.

Je grogne et passe une main dans mes cheveux.

— Je ne couche avec personne.

— Et c'est ton problème, dit Wyatt.

— Non, grogné-je. Mon problème, c'est que j'ai couché avec Cali et que je lui ai fait confiance. Et tu vois où cela m'a conduit ?

Wyatt hausse les épaules.

— Toutes les femmes ne sont pas des sorcières. Tu as juste la poisse. Laisse-moi peut-être les rencontrer avant de coucher avec elles.

Je lance un regard furieux à mon frère cadet.

— Tu as rencontré Cali, je te rappelle.

Un sourire ironique se dessine sur son visage. Il ne m'a certainement pas averti qu'elle pourrait poser problème. Mais j'aurais dû le voir venir de loin. Dès le moment où je l'ai rencontrée, cette femme était en quête de vengeance.

D'abord, ce sont les prix qu'elle trouvait exorbitants.

— J'ai une surprise pour toi, dit Wyatt.

cotisations à la sécurité sociale, dont j'ai dû m'acquitter.

Pourrais-je la mettre en difficulté à ce sujet ? Oui, mais ça n'en vaut pas la peine.

Cette femme m'a bien arnaquée.

Je veux juste passer à autre chose et ne jamais regarder en arrière.

Elle a pris les séquences que j'avais, les a modifiées, manipulées, puis les a publiées en ligne, faisant passer Logan pour le méchant, ce qui est complètement faux et injuste.

Bien qu'il ait été un peu grincheux quand je l'ai d'abord rencontré, les légendes qu'elle a mises sur la vidéo sont totalement injustes.

Je l'ai regardée une fois et j'ai grimacé. Je ne pouvais pas la regarder à nouveau et je ne voulais pas lui donner de vues supplémentaires en la regardant en boucle.

J'ai essayé d'appeler Logan. Il n'a pas pris mes appels. Je n'ai pas le numéro de Julianna ni de Wyatt. Quand j'ai essayé d'appeler l'hôtel pour être transférée, Wyatt m'a dit de laisser Logan tranquille et a raccroché brusquement.

Personne ne me laisse expliquer ce qui s'est passé.

Si j'avais de l'argent, je volerais à Breckenridge et expliquerais tout à Logan. Mais je n'ai pas les fonds. Je peine à joindre les deux bouts depuis mon dernier salaire. Bridget a décidé de ne pas me payer pour mes services pour la dernière mission, car elle n'a soi-disant pas utilisé les séquences que j'avais rassemblées.

Sauf qu'elle les a utilisées. Et elle en a fait son propre récit d'horreur, donnant zéro étoile à la station. Nous ne faisons même pas ça !

Est-ce que Bridget en voulait à Logan dès le début ?

De toute évidence, il y a de l'eau dans le gaz entre eux deux. Et elle m'a clairement fait comprendre qu'elle s'attendait à ce que je réalise une vidéo de critique virulente. C'est pour ça qu'elle m'a envoyée à la montagne alors qu'elle sait que je déteste le froid.

Cette femme est odieuse.

Mais Logan pense que je suis le monstre qui l'a vendu. Ce n'était pas moi, et s'il ne répond pas à mes appels, comment suis-je censée lui expliquer ce qui s'est passé ?

Je lui ai écrit une lettre, mais elle est revenue non distribuée. Il ne l'a même pas ouverte.

Il me déteste.

Il n'y a rien d'autre à faire que de passer à autre chose. Trouver un autre emploi et considérer ça comme une leçon du passé. Ne pas mélanger affaires et plaisir.

Je n'aurais pas dû coucher avec Logan. Non pas que je regrette un instant, mais ce n'était pas une décision sage.

Cela fait des semaines que je ne l'ai pas vu et que je ne lui ai pas parlé. J'ai un entretien prévu en dehors de l'État. Je ne peux pas me payer le billet d'avion, mais la société a proposé de me faire venir après avoir fait deux entretiens téléphoniques et vidéo avec le personnel.

Ils envisagent d'étendre leur chaîne d'hôtels dans plusieurs marchés étrangers. Ils veulent une influenceuse qui puisse les pousser sur les réseaux sociaux.

Je ne me plains pas. C'est un emploi, et le salaire doit être meilleur que ce que je gagnais. De plus, je suis en retard sur mes factures.

Je ne peux pas continuer comme ça. J'ai besoin d'un emploi, même si c'est pour retourner des burgers ou faire des sandwichs. C'est mon prochain choix si cela ne fonctionne pas.

Je ne suis jamais allée à New York. C'est l'hiver, février, et il fait frais. Il y a de la neige par terre, mais pas assez pour que je sois en retard à l'entretien. Mais je ne suis pas assez habillée pour le froid.

Je frissonne en me précipitant dans le bâtiment, mes talons noirs glissant sur le pavé glacé.

Je maugrée, mais je réussis à me rattraper avant de tomber sur les fesses ou de me blesser au genou. Je n'ai pas besoin de collants déchirés pour une première impression.

Je déteste les talons. Je ne les porte que pour avoir l'air professionnelle. J'ai rencontré plusieurs membres du personnel par vidéoconférence, mais ils veulent que je rencontre le PDG en personne.

Je m'enregistre à la réception principale et on me remet un badge de visiteur en me désignant la direction des ascenseurs.

Je rentre dedans, poussant un soupir lourd. Comme indiqué, j'appuie sur le bouton pour le trente-cinquième étage, et l'ascenseur monte à une vitesse record. Mon cœur bat dans ma poitrine et mon estomac est noué par les nerfs. J'ai à peine touché à mon petit déjeuner ce matin, de peur d'être malade.

Je ne devrais pas être nerveuse, mais c'est une grande entreprise et un entretien important. Si j'obtiens le poste, je devrais probablement déménager à New York, mais au moins je pourrai payer mes factures.

Pas que New York soit moins cher que Los Angeles.

J'aurais dû chercher un emploi dans une petite ville avec une entreprise demandant une présence sur les réseaux sociaux. Sauf qu'une petite ville m'a conduit à Logan Henderson, et je ne veux pas emprunter ce chemin à nouveau.

Les petites villes signifient que tout le monde se connaît. Il n'y a pas de secrets. Si vous sortez avec quelqu'un et que ça ne fonctionne pas, vous le croiserez toujours au supermarché, à la station-service ou au restaurant. Non merci.

J'en ai fini avec cette vie. Une semaine a été de trop.

Les portes de l'ascenseur sonnent lorsque j'atteins le trente-cinquième étage et je sors. Il y a un autre bureau de réception à l'avant.

— Puis-je vous aider ?

— Oui, je suis là pour voir M. Luxenberg. J'ai un rendez-vous avec lui.

— Et vous êtes ? demande la femme.

— Cali Sinclair.

— Juste un instant, dit-elle, et prend le téléphone, lui signalant que je suis arrivée.

— Allez-y. C'est tout droit dans le couloir.

La femme me fait signe d'avancer. Et bien que je sois surprise que personne ne me guide, il est clair que tout le monde est incroyablement occupé.

La porte est fermée, et à mesure que je m'approche, elle s'ouvre en grand. Logan en sort.

— Cali ?

— Logan ? dis-je, en le regardant fixement.

Mon souffle est coupé. J'ai tellement de choses à dire, mais ça ne sort pas aussi vite que je le voudrais.

— Mademoiselle Sinclair ?

Une voix d'homme résonne depuis le bureau, attendant que j'entre.

— Je dois y aller, dis-je, en désignant la porte. Je suis désolée pour tout.

Je mordille ma lèvre inférieure en passant devant Logan et en refermant la porte. Je ne suis pas sûre que M. Luxenberg veuille que la porte du bureau soit fermée, mais je ne veux pas que Logan puisse me voir.

En fait, comment Logan et M. Luxenberg se connaissent-ils ?

L'homme derrière le bureau se lève et s'approche de moi, me serrant la main.

— Je suis Levi, et vous devez être mademoiselle Sinclair.

— S'il vous plaît, appelez-moi Cali, dis-je.

— Asseyez-vous, dit Levi.

Je fais ce qu'il demande, m'asseyant en face de lui pendant qu'il parcourt mon CV. Ses yeux se plissent et il esquisse un sourire serré.

— Qu'est-ce qui vous amène depuis la Californie, et ne me dites pas que c'est le travail seulement.

J'expire un souffle lourd.

Merde.

Si Levi et Logan sont amis, il ne m'embauchera jamais s'il découvre qui je suis.

— Longue histoire, dis-je en agitant ma main d'un geste dédaigneux. Ce n'est pas très intéressant. Je cherche un nouveau départ.

La porte du bureau grince, et Logan revient avec une tasse de café chaud.

Ma journée vient de passer de mauvaise à horrible.

— Mr. Henderson nous rejoindra pour l'entretien, déclare Levi. Nous cherchons à étendre notre présence sur les réseaux sociaux à notre station de ski.

— Quoi ?

Ma tête tourne.

— Lors de l'entretien précédent, la femme, Janet, avait mentionné que vous recherchiez quelqu'un pour mener des campagnes de médias sociaux en Europe.

— C'est vrai, mais ce poste a été pourvu en interne. La description du poste reste la même. Vous travailleriez simplement sur une ligne de produits différente. Est-ce un problème ? demande Levi.

Je prends une profonde inspiration.

— Bien sûr que non, dis-je en forçant un sourire.

Logan sirote son café, debout près de la porte.

— Vas-tu t'asseoir ? demande Levi en regardant son collègue.

Je ne savais pas que Logan était associé aux Luxenberg Enterprises. A-t-il vendu sa station de ski à une grande entreprise après la terrible critique vidéo que Bridget a créée et postée en ligne ?

Logan s'approche et s'appuie contre le mur entre Levi et moi.

— J'aimerais entendre parler de votre expérience précédente. Une campagne récente que vous avez menée qui a eu un impact négatif.

Il ne peut pas être sérieux.

C'est maintenant ma chance de m'excuser et de réparer tout ce qui s'est mal passé. Mais acceptera-t-il mes excuses ?

J'ai besoin de ce travail pour payer mes factures. Je ne peux pas continuer à repousser mes paiements.

Je gigote sur ma chaise, redresse mon dos et m'assure que mes pieds sont fermement plantés sur le sol.

— Je n'ai jamais créé de campagne qui a eu un impact négatif.

— Nous n'embauchons pas les menteuses, dit Logan, s'éloignant du mur et se redressant.

— Il y a eu des campagnes que j'ai menées qui n'ont pas été aussi réussies que d'autres, mais je n'ai jamais intentionnellement nui à une entreprise ou à sa réputation.

— Mensonge.

Levi lève un sourcil.

— Je suppose que vous vous connaissez ?

Il se penche en arrière dans sa chaise, croisant les bras.

L'homme va avoir un spectacle, qu'il le veuille ou non.

— C'est la fille qui a publié cette critique vidéo qui a essayé de détruire mon entreprise. Il n'y a aucune chance que je l'embauche pour travailler pour moi.

— Puis-je expliquer ?

— Je vous en prie, dit Levi.

Il jette un coup d'œil à mon CV et prend un stylo sur son bureau, griffonnant quelque chose.

— Je ne vais pas rester pour entendre tes excuses.

Logan se dirige vers la porte.

— Je suis désolée, dis-je. Mais ce n'était pas ma critique vidéo. Bridget a pris mes séquences et a fait sa propre version pour la publier.

Logan s'arrête à la porte et soupire.

— Bel essai.

Il ouvre la porte et sort, refusant de me regarder.

Levi grimace et croise les mains.

— Malheureusement, même si vous êtes la candidate idéale, vous devriez travailler directement sous Logan Henderson, à plein temps. Je ne pense pas que cela soit possible.

Je grimace et secoue la tête.

— Je ne suis pas venue ici pour travailler pour Logan.

Pas qu'il m'embaucherait non plus.

— Mais j'aimerais expliquer ce qui s'est passé.

Bien que je doute que Levi prenne mon parti ou parle à Logan à ce sujet, peut-être peut-il trouver une autre opportunité au sein de son entreprise pour moi. Une autre branche où travailler ?

— J'ai vu la vidéo. J'aurais dû faire le rapprochement. Ça ne m'a pas traversé l'esprit que vous pourriez être la même Cali Sinclair que la fille en Californie qui a piétiné le cœur de mon ami.

Je grimace.

— La vidéo que vous avez vue n'était pas celle que j'ai créée.

Je glisse ma main dans ma poche, récupère une clé USB.

— J'ai plusieurs critiques vidéo ainsi que d'autres échantillons que j'ai préparés pour cet entretien. Je vous en prie, prenez-la.

— Pouvez-vous expliquer pourquoi vous avez quitté votre poste précédent ?

— Ma patronne, Bridget Lancaster, a insisté pour que j'arrête de donner des critiques cinq étoiles positives aux endroits que je visite. Elle m'a envoyée à la montagne en hiver, espérant que je comprendrais son message et que je créerais un article cinglant.

— Et que s'est-il passé ?

— Vous pouvez regarder les créations que j'ai faites pour le Blue Sky Resort, dis-je en pointant la clé USB. Elles montrent ce dont je suis capable, et je vous assure que, bien que les séquences vidéo que vous avez peut-être vues de Vacationer's Paradise soient les miennes, tout n'était pas destiné à être montré. Et les légendes et l'audio ne sont pas de mon fait.

Levi m'offre un sourire chaleureux.

— Je vais examiner tout cela de plus près et étudier votre portfolio. Mais vous devriez savoir que c'est Logan qui prendra la décision finale.

— Puis-je demander combien d'autres candidats vous avez présélectionnés pour le poste ?

Ils m'ont fait venir de Californie. J'aurais dû avoir de bonnes chances de décrocher le poste avant l'arrivée de Logan.

— Il y a quelques candidats, dit Levi en serrant les lèvres. Alors que l'annonce d'emploi originale aurait demandé au candidat de déménager à New York, ce poste nécessiterait que vous viviez au Montana.

Je ris sous mon souffle.

— Est-ce un problème, Mlle Sinclair ? demande Levi.

— Pas du tout, monsieur. Mais si je peux être franche, je ne pense pas que Logan approuvera cela, et je ne peux pas imaginer que nous travaillerions bien ensemble.

Levi hoche la tête et note quelque chose.

— Je vais en parler avec lui. Nous vous tiendrons au courant.

Il se lève et me raccompagne hors de son bureau, dans le couloir, devant Logan, qui fulmine avec la réceptionniste près de l'ascenseur.

Elle doit en prendre pour son grade.

Est-ce qu'il couche avec elle aussi ?

CHAPITRE ONZE

LOGAN

— Tu aurais pu me prévenir !

Mon corps frémit de rage, comme un volcan prêt à exploser à tout moment.

Quelques membres du personnel nous regardent dans le couloir.

Cali est dans l'ascenseur en train de descendre. J'attends aussi patiemment que possible avant mon soudain éclat.

— Parlons-en en privé, dit Levi en se dirigeant vers son bureau.

Je ne fais pas partie de son personnel. Je ne travaille pas pour Levi Luxenberg. Nous sommes à égalité.

Quand il est venu nous rendre visite en décembre, il a émis quelques idées intéressantes qui m'ont fait envisager de le rendre co-propriétaire. Il reçoit un petit pourcentage en plus d'une part de redevances pour chaque forfait de ski que nous vendons pour la journée.

En échange, c'est lui qui va procéder à l'embauche de notre expert en médias sociaux, qui va nous aider à améliorer notre image et à obtenir la publicité dont nous avons besoin. Le poste relève de ma direction mais est rémunéré par Luxenberg Enterprises. L'employé me rendra compte et devra vivre à Breckenridge ou dans les environs. Ce n'est pas un poste que l'on peut exercer depuis chez soi ou à distance.

Il ferme la porte de son bureau avec plus de douceur que je n'aurais fait en entrant furieusement à l'intérieur.

— Tu crois que c'est drôle, d'amener Cali ici pour un entretien ?

J'ai envie de tout défoncer ou de frapper quelqu'un. Peut-être devrais-je trouver la salle de sport. Levi doit en avoir une dans le bâtiment pour ses employés.

Il sourit, ses épaules détendues. Il n'est pas le moins du monde agité par ce qui vient de se passer. Ça doit être agréable.

— J'ai été surpris autant que toi, dit-il.

Il vient s'asseoir derrière son bureau et prend la clé USB, la branchant dans à l'ordinateur.

— Mais tu as dit que la vidéo qu'elle a faite a attiré beaucoup d'audience.

— Wyatt me l'a dit. Je ne l'ai pas regardée depuis le lendemain de Noël.

C'est gravé dans ma mémoire, les horreurs qu'elle a dites sur l'entreprise et sur moi.

Je devrais être reconnaissant de ne pas avoir reçu de lettre d'un avocat après la chute de Cali du télésiège.

— Savais-tu que Cali travaillait pour Bridget Lancaster ? demande Levi.

Je frotte l'arrière de mon cou et m'assois dans le fauteuil en face de Levi.

— Elle l'a mentionné il y a quelque temps.

J'avais oublié. Ce fut facile de l'effacer de ma mémoire après tout ce qui s'est passé.

— Cette femme t'en a toujours voulu.

— Toutes les femmes semblent m'en vouloir, marmonné-je.

Cali incluse.

Levi choisit d'ignorer ma remarque. Je suis sûr qu'il réalise qu'il n'en résultera rien de bon de se disputer avec moi à ce sujet.

— Cali m'a fourni quelques échantillons supplémentaires. Elle prétend que la vidéo que nous avons vue sur le vlog n'était pas la sienne.

— Qui d'autre a filmé ?

— Elle ne dit pas qu'elle ne les a pas filmées, mais que la critique et les légendes ne sont pas d'elle. Elle a été renvoyée.

— Je ne comprends pas.

— Je crois que Bridget a fait la vidéo et, dans le même processus, a viré Cali parce qu'elle n'a pas fait ce qu'elle voulait qu'elle fasse.

Je ris sous mon souffle.

— Donc, Cali n'est pas une employée modèle.

Levi ouvre le dossier sur l'ordinateur et tourne l'écran pour que nous puissions tous les deux voir le contenu. Il passe en revue la première vidéo, qui met en avant le

Blue Sky Resort, et les séquences vidéo se déroulent sur les pistes, avec des enfants et des familles qui rient et s'amusent. Il y a une vidéo du chalet, du restaurant, de la nourriture à table et de la boutique. L'avis est positif et optimiste.

Je me lève, en ayant vu assez.

— Je veux l'autre candidate, dis-je.

— Ce n'est pas une option. Nous lui avons mentionné que le poste nécessiterait un déménagement dans le Montana, et elle a refusé. Elle a demandé si elle pouvait basculer vers la nouvelle division pour nos projets de médias sociaux internationaux. Compte tenu de son expérience et de ses années avec l'entreprise, c'était la meilleure décision pour tout le monde.

— Tout le monde sauf moi.

— Je t'ai trouvé une candidate exceptionnelle. Ce n'est pas de ma faute si vous vous détestez l'un l'autre.

J'ouvre la bouche pour protester et dire à Levi que je ne la déteste pas, sauf que je ne peux pas. Je suis en colère.

— Pourquoi a-t-elle quitté Vacationer's Paradise ?

— Tu devras lui poser la question, dit Levi.

Il lance le clip vidéo suivant, et il est similaire au précédent, le texte est différent, mais c'est un autre avis élogieux à cinq étoiles.

— Mais il est clair qu'elle n'est pas à l'origine de la critique sur leur site. Elle a peut-être filmé les séquences, mais c'est tout ce qu'elle a fait. Le texte est différent, la mise en page est différente.

— Comment diable ont-ils obtenu des images de surveillance de sa chute ? demandé-je, me rappelant que la version originale montrait un clip d'elle tombant du télésiège, qui était montré à plusieurs reprises.

— Un avocat ne t'a pas contacté ? demande Levi. J'ai supposé que quelqu'un avait demandé les images dans le cadre d'une action en justice en cours.

— Rien.

Il expire un souffle lourd et se caresse la mâchoire.

— C'est étrange et intéressant à la fois. Je ne pense pas que Cali soit derrière ça. Elle ne semble pas être le genre.

— Elle a essayé de détruire mon entreprise avec une simple vidéo. Pourquoi penses-tu qu'elle n'est pas du genre ?

Levi se lève et se dirige vers un mini-réfrigérateur dans son bureau. Il l'ouvre et prend deux bouteilles d'eau.

— Je n'ai pas soif, dis-je.

Il me tend la bouteille.

— Tu as eu assez de caféine, et il est trop tôt pour boire n'importe quoi disponible dans un bar. De l'eau, dit-il, comme un ordre.

Maudit soit-il.

Je dévisse le bouchon et prends une gorgée.

— Cette femme m'irrite, Levi. Je ne peux pas travailler avec elle.

— Elle est très talentueuse.

Il m'ignore et lance le troisième clip vidéo du fichier. Il y a plus de graphiques, de texte et un commentaire vocal de Cali.

Je prends une grande inspiration, et mes doigts serrent involontairement la bouteille d'eau ouverte dans ma main, me projetant de l'eau dessus. Je jure et me lève en sursaut, retirant ma veste de costume.

— Il y a une chance que tu aies des serviettes en papier qui traînent ?

— Il y a un sèche-mains dans les toilettes.

Je grogne et quitte son bureau, ma chemise trempée. Je reçois quelques regards étranges en passant, mais heureusement, l'eau n'a pas atterri sur mon entrejambe. C'est la seule chose qui aurait pu rendre cette journée pire.

Après le travail, Levi et moi allons au bar pour décompresser. Amelia est avec Clare.

— Comment ça va entre toi et Clare ? demandé-je, voulant parler de tout sauf de Cali et des entretiens.

Nous en avons eu deux, dont celui de Cali, et il est clair qu'elle est parfaite pour le poste. Mais je suis convaincu que n'importe qui d'autre serait encore mieux que de me heurter à la belle séductrice qui a volé mon cœur et l'a piétiné publiquement.

Du moins, c'est ainsi que je le ressens.

Je suis un peu dramatique, mais je ne peux pas m'empêcher d'être en colère contre elle, et la seule façon d'effacer cette douleur est avec quelques verres. Du moins, ça l'atténuera.

— Clare va bien. Nous prenons les choses doucement, dit Levi.

— Doucement ? Tu couches avec la nounou.

— Ne sois pas si vulgaire. Je l'aime, et elle s'entend bien avec Amelia. Le fait qu'elle soit la nounou est un avantage supplémentaire. Et, sans que personne ne le sache, nous essayons d'avoir un garçon.

— Ça se fait ? demandé-je en sirotant mon bourbon. Genre, des positions spéciales ou des trucs comme ça pour s'assurer que c'est un garçon au lieu d'une fille ?

Jess et moi n'avons eu qu'un seul enfant, Julianna, qui n'était pas du tout prévu. Jess n'a jamais voulu d'autres enfants.

— Ce serait amusant, dit Levi avec un sourire diabolique. Mais je ne pense pas que ça fonctionne comme ça.

Je finis mon bourbon et en commande un autre. Je suis à distance de marche de l'hôtel où je loge dans l'une des propriétés de Levi. Je n'ai pas à m'inquiéter de prendre le volant ou même de marcher loin.

— Comment va Ju ? Wyatt la surveille pendant que tu es ici ?

— Ouais, dis-je, en regardant mon téléphone. J'ai appelé et lui ai laissé un message, mais elle passait la nuit chez Izzie.

Ma mâchoire se serre.

— Tu as l'air stressé.

— Comme toujours.

Je ne peux pas dire si la soirée de Julianna est juste un truc de filles ou quelque chose de plus. Et si c'est quelque chose de plus, j'ai l'impression que, à quinze ans, elle ne devrait pas rester pour la nuit.

— Comment ça ? demande Levi.

— Julianna aime les filles.

J'avais moins de problèmes avec ça quand elles dormaient sous mon toit.

— Au moins, elle ne peut pas tomber enceinte.

Levi me tape dans le dos.

— Détends-toi. C'est une adolescente. Elles explorent et tout ça. Tu te souviens de quand on avait cet âge-là ? Ne pensons pas à ça ce soir, d'accord ?

Je grogne. Plus facile à dire qu'à faire.

— Attends simplement qu'Amelia ait quinze ans et soit assez grande pour sortir.

La lèvre supérieure de Levi se retrousse.

— Ma fille ne sortira avec personne avant ses trente ans.

— Bonne chance.

Si je pouvais empêcher Julianna de sortir avec quelqu'un jusqu'à ses trente ans, homme ou femme, je serais totalement d'accord.

Je bois plus d'alcool que je ne devrais en quelques heures à peine. Les femmes dansent et certaines viennent vers moi, voulant que je les ramène chez moi.

Je ne suis pas intéressé.

Elles sont pâles comparées à l'éclat de Cali. Cette femme s'est glissée non seulement dans mon cœur et mes pensées, mais aussi dans la ville. Pourquoi ne peut-elle pas rester sur la côte ouest ? Pourquoi a-t-elle dû postuler pour un emploi et venir à New York ?

Levi jette un coup d'œil à sa montre.

— Je déteste devoir faire ça, mais j'ai une femme à la maison et une fille qui doit aller au lit.

Il dépose suffisamment d'argent sur le comptoir pour régler nos consommations.

Pas que j'aie besoin qu'il paye ma note. Mais c'est apprécié. Trop d'alcool complique les maths.

— À demain, marmonné-je alors que Levi enfile sa veste.

— Laisse-moi te raccompagner à l'hôtel.

— C'est juste en face. Je peux me débrouiller tout seul.

Je n'ai pas besoin qu'il me surveille. Je vais bien. Enfin, à part la colère meurtrière qui me traverse le cœur. Sinon, ça va plutôt bien.

— Allez, j'insiste.

Levi attrape mon manteau sur le dossier du tabouret et me le tend quand je me lève.

J'ai un bon équilibre, contrairement à cette belle brune qui n'arrêtait pas de se cogner partout. Peut-être que c'est moi la raison pour laquelle elle trébuchait.

Bien qu'elle ne soit pas tombée ce matin à l'entretien.

Dommage.

Levi m'aide à traverser la rue comme un enfant et entre avec moi dans le hall.

— Je sais que tu n'as pas envie d'entendre ça, mais nous sommes amis. Mets tes différences de côté et embauche Cali. Elle serait bonne pour la station.

Pourquoi diable fallait-il qu'il évoque son nom ? Juste quand ma soirée commençait enfin à s'améliorer.

— Je peux y aller seul à partir d'ici. Je n'ai pas besoin d'un chaperon. Rentre chez toi avec ta nounou, dis-je avec un sourire en coin.

— Oui, monsieur, plaisante Levi, puis il part.

Je regarde les ascenseurs. Je pourrais monter dans ma chambre et vider le minibar, mais où serait le plaisir ? J'ai besoin d'une distraction, et un autre verre est la bonne réponse. Surtout après son petit discours à propos de la belle brune.

Je me dirige vers le bar de l'hôtel et exhale un souffle lourd en la voyant au comptoir, assise sur un tabouret. Elle sirote un soda, ou ce pourrait être quelque chose comme un rhum-coca. Je ne sais pas ce qu'elle aime boire.

Je ne sais pas grand-chose d'elle.

— Cette place est occupée ?

Je saisis le tabouret à côté d'elle et y pose mon derrière, qu'elle le veuille ou non.

Cali se déplace sur le sien. Un sourcil se lève lorsqu'elle réalise que c'est moi. Peut-être pensait-elle que c'était un autre lourd qui allait la draguer.

— Je ne pensais pas que tu voudrais boire avec moi, dit Cali.

Elle fait signe au barman de venir, mais fronce les sourcils.

Sent-elle l'odeur de l'alcool dans mon haleine ? Nous sommes plutôt proches, et le bar est presque vide. J'aurais pu choisir n'importe quel autre endroit pour m'asseoir, mais j'ai décidé de me torturer en m'asseyant à côté d'elle.

Un supplice.

Je devrais m'en aller.

Je me suis suffisamment puni en regrettant tout ce qui s'est passé entre nous. Je veux la détester, mais je me déteste encore plus.

— Tu es une vraie garce, dis-je, en faisant signe au barman de venir. Je vais prendre un bourbon.

Mes yeux brûlent, et la pièce tangue légèrement, mais je suis toujours sur le tabouret. Je n'ai pas fini. Pas tant que Cali est assise à côté de moi au bar.

— Je le mérite, dit-elle.

Elle est calme, la voix douce. Pas comme je me souviens d'elle. Il y avait une passion dans ses yeux, une chaleur dans ses joues, surtout quand nous nous sommes embrassés et que j'ai posé mes lèvres sur son corps.

Les souvenirs avec elle me retiennent prisonnier.

Je bois le bourbon d'un trait et en demande un autre.

— Ce n'est même pas la merde que tu as dite à mon sujet qui me fout en colère. C'est le fait que tu aies impliqué ma fille et son amie, grondé-je. Quel genre de monstre fait ça ?

Son regard passe de moi à son verre, l'étudiant comme s'il allait donner des réponses et tout résoudre, y compris la faim dans le monde. Eh bien, devine quoi, Cali, ton silence en dit assez long.

Elle ne me combat pas ou n'argumente pas de son côté de l'histoire.

— Tu n'as rien à dire ? craché-je.

— Tu es ivre, Logan. Ce n'est pas le moment d'avoir une conversation profonde et significative.

— Quand est-ce le moment ? Avant de coucher ensemble ? demandé-je. Parce que tu m'as assuré que je n'avais rien à craindre, et puis tu m'as planté un couteau dans le dos. Tu as essayé de détruire mon entreprise, et pire encore, ma fille et son amie. C'était amusant pour toi ? Jouer avec la famille d'un milliardaire et le laisser ramasser les morceaux ? Ce n'est pas comme ça que fonctionne la vie.

Cali fouille dans son sac à main, pose un billet de vingt sur le comptoir du bar, puis descend du tabouret.

— J'en ai eu assez.

— Assez d'être malhonnête ? Tu es douée pour les mensonges, Cali. Tu l'as bien montré. Comment as-tu réussi à convaincre Levi de te faire passer un entretien ? Quelles sont tes connexions ? Ou essayais-tu de me détruire davantage ?

— Tu es ivre, dit Cali, en attrapant son manteau.

Elle sort du bar, ses talons cliquetant sur les planches en bois du sol.

Je laisse de l'argent sur le comptoir pour ma boisson. Je devrais la laisser partir, la laisser tranquille et dormir pour éliminer l'alcool.

Mais je ne peux pas me retenir.

Ma maîtrise de soi a volé par la fenêtre il y a des heures. Je suis actuellement dans un train de destruction de soi et je fonce droit vers Cali Town.

Je sors précipitamment du bar, mes pieds glissant sur le sol lorsque celui-ci passe du bois au marbre. Mais je me rattrape avant de me ridiculiser davantage.

La bonne nouvelle, c'est que personne ne sait qui je suis ici. J'habitais autrefois à New York, mais je ne suis pas sous les projecteurs médiatiques. Levi a toujours eu plus de couverture médiatique que moi. Je ne l'envie pas pour ça. Ça ne doit pas être facile.

Cali se dirige vers les ascenseurs, et je la suis, à quelques pas derrière. Elle a déjà appuyé sur le bouton pour monter, mais la cabine d'ascenseur n'est pas encore arrivée.

— Dis-moi que tu vas dans ta chambre, dit Cali.

Nous sommes seuls tous les deux. Il y a beaucoup de monde autour, mais personne d'autre n'attend près des ascenseurs. Je devrais être reconnaissant que nous puissions avoir notre propre type d'intimité, mais ce n'est pas le cas.

— Je n'ai pas fini. Pourquoi es-tu ici ?

Cali pince le haut de son nez.

— Ce ne sont pas tes affaires, mais je séjourne dans cet hôtel parce que je suis venue à New York pour un entretien d'embauche.

Je le sais. Je suis ivre, pas idiot.

— Pas ça, dis-je, et grimace en secouant la tête. Pourquoi Luxenberg Enterprises ? Qu'est-il arrivé en Californie ?

J'ai besoin de l'entendre de sa bouche.

La partie la plus difficile, cependant, sera de m'en souvenir demain.

CHAPITRE DOUZE

CALI

Logan n'a jamais répondu à mes appels. Je soupçonne qu'il a bloqué mon numéro. Je lui ai écrit une lettre, qui m'est revenue, et il ne l'avait pas ouverte.

Et maintenant, il veut des explications ? J'ai essayé de lui en donner pendant les dernières semaines, frôlant les deux mois. Il est clair qu'il ne voulait rien avoir à faire avec moi.

Qu'est-ce qui a changé ?

Je suis frustrée. Fatiguée. Et je regrette la décision d'être venue à New York. Au moins, je n'ai pas déménagé ici. Ce n'était qu'un entretien d'embauche minable. Je rentrerai chez moi et continuerai à chercher un autre emploi.

— Qu'est-ce qui s'est passé à Vacationer's Paradise ? Ce n'était pas un paradis, en fin de compte ?

Il est ivre, et j'ai presque envie de ne pas céder à ses questions et de l'ignorer. Je suis prête à monter dans ma chambre, en attendant que l'ascenseur arrive, et à dormir pour oublier la journée de merde que j'ai eue. Demain, je rentrerai chez moi et ne penserai plus jamais à Logan Henderson.

Mais il est difficile de ne pas penser à lui.

Je l'ai arnaqué, et même si ce n'était pas de ma faute et que Bridget était derrière la vidéo et la publication de la critique méchante, je suis accablée par la culpabilité.

— Alors ?

Logan penche la tête, les yeux grands ouverts, en attendant que je réponde.

— J'ai été virée, dis-je, et je souffle de soulagement lorsque les portes de l'ascenseur s'ouvrent.

Je ne suis pas aussi soulagée lorsqu'il me suit de près.

Je l'ignore, j'appuie sur le bouton pour le bon étage et espère qu'il fera de même pour que nous puissions mettre fin à cette conversation aussi rapidement qu'elle a commencé.

— Je ne suis pas surpris, dit-il, en me fixant, droit dans mon âme.

Son dos est tourné vers les portes de l'ascenseur, et il n'a appuyé sur aucun bouton.

— Après ce que tu as écrit, tu méritais d'être virée.

Ma mâchoire tombe. Je ne devrais pas être surprise qu'il pense que j'étais derrière la critique épouvantable de la station, mais je n'y suis pour rien. J'ai été virée avant que Bridget finalise la critique vidéo et la publie.

— Tout d'abord, je n'ai pas été virée à cause de cette critique vidéo. J'ai été virée parce que j'ai créé quelque chose de positif au sujet de ta petite station et que Bridget a fait tout un foin parce que je donnais une autre critique élogieuse cinq étoiles. Deuxièmement, Bridget n'a jamais eu l'intention que la station reçoive une critique positive. Elle m'a envoyée là-bas en punition parce qu'elle sait à quel point je déteste le froid. Elle espérait que son plan fonctionnerait et que je te donnerais une critique pourrie.

Logan tangue, serre les poings, et je songe à tendre les bras pour m'assurer qu'il ne tombe pas. Mais ça demande trop d'énergie, et il reprend son équilibre avant de trébucher.

L'ascenseur sonne lorsque nous atteignons ma destination prévue.

Logan ne bouge pas. Il reste là, à me fixer, et je le contourne en silence, sortant de l'ascenseur.

Je ne me retourne pas pour voir s'il me suit.

Il n'y a aucun bruit de ses chaussures qui trébuchent ni de respiration lourde, car il est évident qu'il est en colère contre moi. Je suis surprise qu'il ne m'ait pas poursuivie jusqu'à ma chambre pour argumenter et me dire que tout est de ma faute.

Je ne lui en veux pas de me détester.

Je me déteste d'être tombée dans le piège de Bridget, d'avoir cru que c'était une bonne personne. C'était mon erreur, de ne pas avoir vu les signes.

Je traîne dans ma chambre d'hôtel, ferme et verrouille la porte, laissant mon sac à main tomber sur une table d'appoint à proximité.

Mon téléphone vibre dans mon sac. C'est un texto.

Je l'ignore. Très probablement un spam, quelque chose que je n'ai même pas besoin de voir.

Je retire mes talons noirs et dézippe ma robe, voulant porter quelque chose de confortable après la journée que je viens de passer.

Un deuxième texto arrive.

En soupirant, je prends mon téléphone dans mon sac et ouvre les messages. Apparemment, Logan doit m'avoir débloquée. Du moins assez longtemps pour envoyer deux messages.

Je te déteste.

Je n'avais pas besoin d'un texto pour le savoir.

Mon estomac se soulève quand je lis le deuxième texto.

Je n'arrête pas de penser à toi. Putain, je tombe amoureux, et tu me détruis.

Je prends mon pyjama dans ma valise et enfile un pantalon en flanelle long et un t-shirt à manches.

Je ne devrais pas répondre à Logan. Il n'est pas dans un son état normal et je suis sûre que tout ce que je dis ne fera qu'attiser un feu déjà rampant.

Mais mon cœur ne cesse de battre follement à son aveu. Je grimace et prends mon téléphone, lui répondant.

Tu es ivre. Ne dis pas des choses que tu vas regretter demain. Bonne nuit.

Je ne m'attends pas à ce qu'il réponde, et je ne pense certainement pas que nous nous verrons demain ni jamais. Il est plus que probable qu'il me bloque à nouveau, s'il ne l'a pas déjà fait.

Mon téléphone sonne à nouveau.

Nous devons parler. Numéro de chambre ?

Il a l'air plus sobre, mais c'est simplement parce qu'il n'y a pas de ton dans un texto.

Je prends un moment pour envisager de lui donner le numéro de ma chambre. Je ne devrais pas me laisser aller à cette petite fantaisie.

Je tape mon numéro de chambre puis l'efface rapidement.

Nous parlerons quand tu seras sobre.

J'appuie sur envoyer et mes doigts tapotent nerveusement contre l'écran du téléphone, attendant sa réponse.

Numéro de chambre ?

J'expire un soupir profond. Il est en colère contre moi. Je mérite sa colère, mais je ne vais pas me battre avec lui.

J'ignore son texto.

Mais cela ne l'empêche pas d'en envoyer un autre.

Je frapperai à chaque porte du trente-troisième étage. Je peux réveiller tout le monde, ou tu peux me laisser entrer pour qu'on puisse parler.

Va au diable.

Je ne devrais pas être si méchante. Il est blessé. Je suis blessée.

Plus loin dans le couloir, il commence avec la première porte qu'il atteint en sortant de l'ascenseur. Je suis seulement à quelques portes de là, mais il se dirige dans la mauvaise direction.

— Cali, nous devons parler ! dit Logan en frappant à la porte.

Je ne peux pas entendre s'il y a une réponse, mais j'imagine que quelqu'un lui dit soit qu'il s'est trompé de chambre, soit qu'il appelle la sécurité.

Il continue de frapper fort aux portes, refusant d'abandonner. Il va se faire virer de l'hôtel. Et il me reprochera probablement cela.

À contrecœur, j'ouvre la porte de ma chambre et j'y glisse ma tête.

— Logan, je suis là.

Il souffle bruyamment et marmonne quelque chose à un homme qui lui a ouvert la porte. Il se précipite dans le couloir, se dirigeant vers ma chambre, et se tient devant la porte.

— Puis-je entrer ?

Je suis surprise qu'il demande.

Il sent l'alcool. Ses yeux sont vitreux et rouges, mais il est toujours debout.

Je fais un pas de côté, le laissant entrer dans la chambre d'hôtel. Je ferme la porte derrière lui et croise les bras sur ma poitrine.

— Maintenant que tu as réveillé tout l'hôtel, que veux-tu ? demandé-je.

— Ce n'était pas tout l'hôtel, rétorque-t-il.

Son regard parcourt mon corps.

— Tu t'es changée.

— Je ne vais pas porter de talons et une robe pour dormir.

Je branche mon téléphone pour le charger pour le matin, lorsque Logan s'approche, empiétant sur chaque centimètre de mon espace personnel, le revendiquant comme sien.

— C'est dommage, grogne-t-il, et son regard est empreint de désir, comme s'il n'avait pas mangé depuis des mois.

— Que veux-tu ? demandé-je, et cette fois, j'essaie de garder mon ton calme et civil.

Il n'y a pas d'intérêt à déclencher la prochaine guerre mondiale parce que le grincheux n'obtient pas ce qu'il veut.

Il expire un souffle lourd, son regard sur mes lèvres.

Pendant un moment, je veux le pousser à dire « toi ». Mais cela ne se produit pas. Ses yeux se resserrent et se contractent.

— Je te déteste.

Mon estomac se serre et je tire ma lèvre inférieure entre mes dents, mordant, essayant d'empêcher les larmes de monter.

— Je sais, dis-je, comme si cela ne faisait pas mal, et que je m'en moque.

Sauf que c'est un mensonge.

— Je déteste la manière dont tu me fais me sentir. Comme s'il y avait un trou béant en moi. Un vide que tu as laissé derrière toi. Ta trahison me secoue encore, et je veux passer à autre chose et oublier que tu as existé.

— Alors pourquoi es-tu ici dans ma chambre ? demandé-je.

— Parce que tu es la meilleure candidate pour le poste.

Je recule d'un pas, glissant contre le mur.

Prisonnière.

— Quoi ? dis-je, incertaine d'avoir bien entendu.

Il n'y a aucune chance que je sois embauché. Il me déteste. Je lui ai fait du mal. J'ai détruit son entreprise, comme il l'a si élégamment dit, et maintenant il veut m'embaucher. Non. Il joue avec moi. Essaie de se venger.

— Je déteste ça, mais tu es la plus qualifiée et la meilleure vlogueuse que j'ai vue. Ton contenu est bon. Même quand c'est nul, c'est bon. Bordel, grogne Logan.

— Je n'ai pas fait la pub négative sur ton complexe. Tu dois me croire.

— Je ne crois rien de ce que tu dis.

Il presse une main contre le mur, me confinant.

J'inspire un souffle aigu. Mon cœur martèle contre ma cage thoracique. Le monde autour de moi devient flou, mais je me concentre sur l'homme devant moi avec ses yeux sombres, son regard ardent et sa barbe assez proche pour frôler ma joue.

— Une bonne relation de travail nécessite de la confiance. De la communication.

Je veux qu'il réalise que me proposer le poste est la pire idée au monde.

Non, la pire chose serait de l'accepter.

Je peux encore le refuser. Lui dire non merci et que je ne travaille pas pour des milliardaires grincheux qui possèdent des complexes hôteliers et vivent dans les montagnes.

Son regard tressaille.

— Je ne bloquerai pas ton numéro si c'est ce qui t'inquiète.

— Je te rendrais des comptes, dis-je en le regardant.

Comment ne voit-il pas cela comme un problème ?

— Parfait. Tout ce que tu postes doit me parvenir en premier.

Ce n'est pas la pire des conditions. Il m'embauche probablement pour m'assurer de ne rien poster d'autre de négatif sur le complexe, bien que je n'aie jamais posté la vidéo originale non plus. Je passe une main dans mes cheveux et il attrape mon bras, le pressant contre le mur.

— Ne sois pas nerveuse. À moins que tu n'aies quelque chose à cacher, beauté.

J'inspire un souffle vif. Il ne m'a pas appelé comme ça depuis un certain temps. Ça ne semble pas aussi approprié, avec la colère bouillonnant en surface. C'est comme un jeu du chat et de la souris. Et il est prêt à bondir.

Je ne suis juste pas sûre si je serai dévorée ou ravie.

— Comme je te l'ai dit, cette vidéo, celle sur le vlog, n'est pas de moi.

— Parfait. Et tu devrais savoir que si tu travailles pour moi, et tu le feras, dit-il avec confiance, comme s'il avait déjà rédigé les papiers et attendait que je signe sur la ligne pointillée. Tout ce que tu filmes devient la propriété de Luxenberg Enterprises. Tout est accessible pour moi et tu ne seras autorisée à filmer qu'avec un téléphone de l'entreprise.

Ça n'a pas l'air excessivement déraisonnable.

— Très bien.

— Tout ce que tu filmes, point final. Si tu prends une photo de mes tatouages, de mon visage, une séquence de moi prenant un café, cela m'appartient. Je décide ce qui est publié et ce qui est détruit.

J'expire un souffle tremblant.

Est-ce qu'il est déraisonnable ?

— Je n'ai jamais dit que j'acceptais le poste.

— Mais tu le feras, dit Logan avec une assurance qui me fait flancher les genoux.

Son regard est verrouillé sur le mien. Il est suffisant.

— Une autre chose, dit-il, en me libérant mais ne me laissant pas d'espace pour bouger sans passer physiquement devant lui.

Le mur semble être la seule chose qui me tienne debout pour le moment.

— Le contrat stipulera que tu dois vivre sur la propriété, mais tu ne dois pas ramener qui que ce soit chez toi.

— Pardon ?

— Tu te concentreras sur ton travail, Mme Sinclair. Je n'ai pas besoin que tu coures après le prochain petit cul qui t'intéresse. Ce n'est pas ce pour quoi je te paie.

Il ne me paie techniquement pas pour le moment.

— Est-ce que ça pose un problème ?

Il me fixe, et l'air quitte mes poumons avant que je puisse répondre.

Silencieusement, je secoue la tête.

— J'ai besoin d'une confirmation verbale, Mme Sinclair.

— Ce n'est pas un problème, dis-je.

Ma voix est tremblante et peu fiable. Je suis énervée qu'il ait le pouvoir de faire fléchir mes genoux et de réchauffer mes entrailles.

Je me racle la gorge, essayant de reprendre un semblant de contrôle.

— Je n'ai pas encore accepté le poste, M. Henderson, dis-je, utilisant la même formalité qu'il emploie.

Cependant, rien de ce que nous faisons n'est vraiment formel. Je suis en pyjama et il m'a coincée contre le mur, son souffle caressant ma peau.

— Tu n'aurais pas fait tout ce chemin jusqu'à New York si tu n'étais pas désespérée.

Je refuse de reconnaître son accusation.

— Tu peux demander au bureau de m'envoyer une offre formelle, et je déciderai de ce qui est dans mon meilleur intérêt.

Son haut de lèvre tressaille avant qu'il ne grogne et ne se penche. Je jure qu'il va m'embrasser. Je retiens mon souffle et mes yeux tombent sur ses lèvres. Le moment s'étire et mon corps frémit d'anticipation. La chaleur de sa bouche plane, taquine, me fait pencher avant qu'il ne s'éloigne et se tourne vers la porte.

Pas un mot de plus n'est prononcé.

Il quitte la chambre d'hôtel, me laissant reprendre mon souffle avec le cœur qui bat à toute allure et le corps qui tremble.

———

Tout se passe si vite, la lettre d'offre, l'acceptation, et la préparation d'un sac pour mon voyage de retour à Breckenridge.

Je n'aurais pas dû accepter l'offre, mais le salaire est exceptionnel et le coût de la vie est nettement moins élevé. Surtout lorsque je tiens compte du fait que je séjourne dans le complexe.

Bien que je ne pense pas que ce soit une exigence permanente, ils me fournissent une chambre gratuitement.

Logan et Levi insistent pour que je commence dès le lundi matin. J'ai suffisamment de temps pour faire mes bagages pour quelques semaines et le reste de mon appartement est en train d'être transporté par des déménageurs professionnels, aux frais de Luxenberg Enterprises.

Même si je ne travaille pas techniquement pour Logan et qu'il n'est pas celui qui signe mes fiches de paie, c'est lui qui gère toutes les opérations de mon travail. C'est compliqué. Frustrant. Et coucher à nouveau avec lui est hors de question.

Il me déteste.

Diable, certains jours je me déteste moi-même.

Je n'ai pas encore vu Julianna. Elle est à l'école pendant la journée, et je ne suis pas sûre si elle m'évite le soir ou si elle n'est tout simplement pas dans le complexe.

Je lui dois des excuses, bien que si elle est ne serait-ce qu'un peu comme son père, elle m'ignorera et continuera de me détester.

La tension est palpable et je passe autant de temps que possible loin de Logan. Il a son propre bureau et le mien est plus loin dans le couloir. Ce n'est pas particulièrement loin de lui, mais je passe beaucoup de mon temps à prendre des photos, des vidéos et à créer différents types de contenu pour embellir le complexe.

Je veux discuter avec lui de la mise à jour du site Web, pas seulement des profils sur les réseaux sociaux, mais je ne suis pas sûre qu'il sera réceptif à mes idées.

Je frappe à sa porte ouverte et il ne me regarde même pas.

— Oui ?

— J'ai quelques séquences à te montrer.

Il finit enfin par lever les yeux et me fait signe de m'asseoir en face de lui. Il n'y a pas de sourire sur son visage. Ses yeux sont sombres, fatigués. L'homme a l'air de ne pas avoir dormi depuis cette nuit à New York. Peut-être même plus longtemps.

Je lui explique comment accéder aux vidéos enregistrées sur le cloud où il peut visionner le contenu créatif en plus de tous les fichiers originaux. Tout ce qui est enregistré sur le téléphone est automatiquement copié sur le cloud.

Son visage est stoïque. Et je ne suis pas sûre s'il déteste cela ou s'il me déteste simplement. S'il aimait, il me le dirait et sourirait. Ses traits pourraient même s'adoucir.

— Est-ce tout ce que tu as fait ?

Mes yeux s'écarquillent et je redresse le dos.

— Non, M. Henderson. J'ai aussi pris des photographies et créé une version factice d'un nouveau site Web que je pense pourrait être bénéfique.

Il hoche lentement la tête, comme s'il ne détestait peut-être pas l'idée.

— Quoi d'autre ?

Je prends un souffle nerveux.

— Bien que je n'aie rien publié sur nos comptes de réseaux sociaux sans ton approbation, j'ai fait en sorte de mettre à jour les coordonnées.

— Ce n'était pas le cas ?

— Quelqu'un avait mis un mauvais numéro de téléphone et une mauvaise adresse sur tous les sites, dis-je.

Logan fronce les sourcils et ouvre d'abord le compte Twitter, vérifiant que je n'ai pas tout gâché.

Pourquoi ne peut-il pas me croire ?

Lorsqu'il est satisfait que les informations sont exactes, il vérifie chaque compte individuel où Blue Sky Resort a une présence sur les réseaux sociaux.

— C'est merveilleux, marmonne-t-il, mais il ne semble pas le moins du monde heureux. Quoi d'autre ?

— J'ai plusieurs vidéos qui sont prêtes à être publiées, ainsi que quelques jeux et concours pour faire croître notre compte.

Je lui montre où se trouvent les informations, et il les parcourt avant de me regarder à nouveau.

— Y a-t-il autre chose que tu aimerais ? demandé-je.

— Autre que de faire en sorte que Bridget retire la vidéo cinglante sur Vacationer's Paradise ?

Il semble prévoir de me tenir rigueur de cela pour l'éternité. Bien que je ne travaille pas ici depuis très longtemps, il y a encore du temps pour prouver que je suis un atout.

— Je peux lui passer un coup de fil et lui parler ? proposé-je, bien que je ne pense pas qu'elle voudra me parler.

Elle m'a renvoyée.

— Non, mes avocats s'en occupent, dit Logan.

Il finit enfin par soutenir mon regard.

— Tu as fait beaucoup, mais nous n'avons pas vu d'augmentation des réservations ou des réservations.

— Nos efforts de marketing prennent du temps pour porter leurs fruits, M. Henderson, dis-je, essayant de rester aussi professionnelle que possible. Et j'ai besoin de ton approbation pour commencer à publier du contenu, ce qui, je l'espère, entraînera l'augmentation que tu espères voir. Je pourrais également suggérer que nous lancions des campagnes publicitaires.

— Des campagnes publicitaires ?

— Des campagnes sur des sites comme Google et Facebook.

Son regard se resserre.

— Tu as toutes sortes de moyens de dépenser mon argent, Mme Sinclair.

Je suis soulagée quand il me renvoie de son bureau et que je peux me précipiter vers le mien pour éviter sa colère brûlante.

Ce que je n'attends pas, c'est de voir Wyatt assis dans mon bureau.

— Est-ce que je peux t'aider ? demandé-je, le regardant.

Il est étendu, les pieds sur mon bureau, les bras derrière la tête.

— Je me cache simplement du patron, plaisante-t-il.

— Peux-tu faire ça ailleurs ?

Wyatt se lève de ma chaise derrière le bureau mais ne quitte pas la pièce.

— C'est le seul refuge contre Logan.

De quoi parle-t-il ? Je fronce les sourcils, secoue la tête, attendant qu'il développe.

— Logan ne peut pas supporter d'être près de toi. Il ne va pas débarquer dans ton bureau comme ça. Ce qui signifie que je peux me détendre pendant deux minutes sans qu'il ne me tombe dessus.

Je fais le tour de la chaise qu'il avait récemment occupée et prends place derrière le bureau.

Il est silencieux, me fixant alors qu'il s'effondre sur le canapé à proximité contre le mur.

— Comment Logan t'a-t-il convaincue de revenir travailler pour lui ?

— Il ne te l'a pas dit ? demandé-je, mes doigts prêts à frapper les touches du clavier.

— Il est de mauvaise humeur depuis que tu es partie. Il ne parle presque à personne de quoi que ce soit. À moins qu'il ne donne des ordres et des commandes comme s'il était de retour dans l'armée.

— Je ne savais pas qu'il avait été à l'armée.

— Il n'en parle pas beaucoup, dit Wyatt. Je suis content que tu sois de retour. Même si tu es la reine de la trahison.

Je grimace.

— C'est ce que Logan a dit ? demandé-je.

Ai-je hérité de ce surnom ?

— C'est assez évident. Pourquoi es-tu revenue si tu as autant détesté l'endroit ?

— Je n'ai pas écrit ces horreurs dans la vidéo.

Le regard de Wyatt se resserre.

— Qui l'a fait alors ?

— Bridget Lancaster, mon ancienne patronne.

Il se caresse la mâchoire et hoche lentement la tête.

— Laisse-moi deviner, tu as démissionné après qu'elle ait modifié ta vidéo et l'ait publiée ?

— J'ai été virée quand elle a vu que j'avais donné cinq étoiles au complexe.

Son front se plisse.

— Je ne comprends pas.

— Ouais, moi non plus. Apparemment, Bridget m'a envoyée à la montagne en punition et s'attendait à une critique acerbe. Comme je ne l'ai pas fait, elle m'a virée et a terminé le travail elle-même.

Wyatt serre les lèvres, prend son téléphone dans sa poche et ouvre TikTok, cherchant Vacationer's Paradise. Il exhale un sifflement en voyant vidéo après vidéo de critiques négatives sur une multitude de lieux.

— On devrait faire tomber cette garce, dit-il.

— Je suis assez sûr que ton frère a déjà son avocat sur le coup, dis-je.

— Tu ne comprends pas ; cette femme est un fléau depuis le début. C'est la meilleure amie de son ex-femme. Il y a beaucoup d'histoire entre eux.

— Des histoires anciennes, intervient Logan en passant et en entendant une partie de la conversation. Pourquoi parlons-nous de Bridget ?

— Tu as vu toutes les critiques qu'elle a faites d'autres complexes ?

Wyatt se lève brusquement du canapé et tend son téléphone devant le visage de Logan.

— Cette femme est un fléau. Nous pourrions peut-être lancer une action collective...

— Ferme-la ! grogne Logan à son frère. On ne fait rien. Elle n'a qu'à continuer ses vidéos idiotes que personne ne regarde. Laisse tomber.

— As-tu vu combien de vues son compte a ? Apparemment, être méchant te rend viral, dit Wyatt.

— Je m'en fiche. Pas un mot de plus à son sujet, fulmine Logan.

Au moins, sa colère ne m'est plus adressée et est dirigée contre la femme pour laquelle je travaillais autrefois. Une femme de son passé.

———

Je jure que Logan m'évite le reste de la semaine, sauf quand nous discutons de questions commerciales comme le contenu à publier. Il donne son approbation sans un sourire ni un soupçon de plaisir dans ce qu'il fait. Je suis constamment en train de marcher sur des œufs autour de cet homme, ce qui est ennuyeux au possible.

Pourquoi ai-je fait ça ? Accepter de travailler pour un type qui me déteste ?

Je finis à cinq heures, et je quitte le complexe et prends une navette locale.

Ma tête tourne, et mon estomac est gonflé comme si j'allais éclater. Je me dirige vers la pharmacie la plus proche, car lorsque je fais le calcul, j'aurais dû avoir mes règles il y a quatre semaines et je suis bien au-delà de la date prévue.

Je suis dans la merde.

Je ne peux pas être enceinte.

Il y avait des tests de grossesse au complexe dans la boutique de souvenirs, mais je ne pouvais pas prendre le risque que quelqu'un me voit.

Et si je suis enceinte, alors quoi ?

Il n'y a qu'un seul homme avec qui j'ai couché au cours des deux derniers mois : Logan Henderson. Si je suis enceinte, sans aucun doute, c'est son enfant.

C'est terrifiant. Nauséeux. J'ai envie de me jeter du bus en marche et je préférerais être percutée par la circulation plutôt que de faire face au fait que l'homme qui est maintenant mon patron pourrait aussi être le père de mon enfant à naître.

Après vingt minutes de bus hors de la ville, loin du chalet, nous nous arrêtons dans la ville. Il y a plusieurs petites boutiques de détail, une pharmacie et une épicerie.

Je me dirige vers la pharmacie et rentre à l'intérieur, attrapant le premier test de grossesse sur l'étagère qui promet d'être le plus précis, et je le présente à la pharmacienne.

A ce moment, Julianna et son amie arrivent dans la file derrière moi avec des sucreries, du chocolat et des bouteilles de soda.

— Salut, Ju, dis-je, espérant que la pharmacienne pourra glisser le test de grossesse dans le sac avant que l'adolescente remarque ce que j'achète. Je suis désolée pour...

Elle me coupe avant que je puisse continuer.

— Ne t'inquiète pas pour ça, dit-elle d'un ton décontracté.

Ses yeux se posent sur le comptoir, et elle lève un sourcil curieux.

— Tu as été occupée.

J'ouvre la bouche pour lui dire de ne pas me juger et que ce pourrait très bien être son demi-frère ou sa demi-sœur quand la pharmacienne me dit le montant total et me demande comment je vais payer.

J'attrape ma carte de crédit dans mon sac et je tape sur le lecteur, voulant que le cauchemar se termine.

Sauf que ce n'est que le début.

Et bien que je n'aie pas encore fait le test, je ne suis jamais en retard et les nausées qui me frappent tous les matins ne sont pas seulement parce que je dois faire face à Logan tous les jours.

Je connais déjà les résultats et je n'ai même pas encore uriné sur le test.

CHAPITRE TREIZE

LOGAN

Julianna entre en courant dans mon bureau, Izzie sur ses talons. Elles ferment la porte, indiquant qu'elles veulent de l'intimité avec moi.

— Tout va bien ? demandé-je.

Izzie fixe Julianna, attendant qu'elle parle.

Ma fille a un tote bag sur l'épaule.

— Quelque chose s'est-il passé au magasin ? demandé-je.

Je ne peux pas m'empêcher de m'inquiéter, et mes mains se serrent en poings alors que je me lève.

— Oui, mais Izzie et moi allons bien, dit rapidement Julianna, écartant ma préoccupation. C'est Cali.

— Quoi Cali ?

Je ne suis pas sûr de vouloir savoir, mais si quelque chose lui est arrivé, c'est mon meilleur élément ici. Ce n'est pas que je suis prêt à l'admettre à voix haute.

— Nous l'avons surprise en train d'acheter un test de grossesse à la pharmacie, dit Julianna.

— Vraiment ?

Ça ne devrait pas m'importer. Ça n'a pas d'importance. Cali et moi n'avons pas été ensemble depuis avant Noël. Mes yeux s'écarquillent et j'expire un souffle lourd.

— Elle a dit quelque chose ?

Qui diable fréquente-t-elle ?

Ou est-ce un gars d'un soir avec qui elle a couché ?

Je grimace. Est-ce ce que je suis pour elle ? Juste un autre mec dans sa longue liste d'hommes avec qui elle aime jouer ?

— Pas un mot. C'était assez évident qu'elle était gênée, pourtant. Et je veux dire, Papa, vous vendez ces tests dans la boutique de souvenirs. Elle n'avait pas besoin d'aller jusqu'en ville.

À moins qu'elle ne veuille pas que quiconque avec qui elle travaille sache qu'elle est enceinte.

— Écoute, tout ce qui se passe avec Cali, c'est son affaire. Nous n'en parlons pas. D'accord ?

— Tu veux dire que nous n'en parlons pas devant elle, dit Julianna. C'est ça ?

— Non, nous n'en parlons pas du tout, précisé-je.

Pourquoi ma fille pense-t-elle que c'est correct de parler de Cali et de savoir si elle est enceinte ou non ?

— C'est une employée à moi. Toute autre conversation serait hautement inappropriée.

— D'accord. Donc, je ne peux pas lui demander si le résultat est positif ?

Elle ne peut pas être sérieuse.

— Tu plaisantes, n'est-ce pas ?

Je ne peux pas supporter l'humour de ma fille en ce moment. L'idée qu'un autre homme a touché Cali, couché avec elle, me retourne le ventre. Aucun homme ne devrait être près d'elle.

— Compris. Ce sujet est tabou. Au fait, je suis contente que Cali soit de retour, même si tu es toujours un vieux grognon !

Elle attrape le bras d'Izzie et traîne son amie hors de mon bureau. Je suis soulagé quand je me retrouve seul et que je n'ai pas à traiter avec les deux adolescentes. Bien que je prenne au sérieux la suggestion de Julianna plus tôt.

Je termine ma journée, ferme mon bureau et me dirige vers le personnel et nos invités. Je pourrais monter à l'étage et me détendre devant la télévision, mais je ne peux pas rester assis.

Pas avec la nouvelle que Cali pourrait être enceinte.

Si elle est enceinte, alors ça doit être avec quelqu'un de Los Angeles. Va-t-elle prévoir de partir à la première occasion ?

Je prends mon téléphone et compose le numéro de Levi. Ce n'est pas quelque chose dont je peux parler à Wyatt. Il serait aux anges, me dirait probablement que je devrais me responsabiliser et l'aider. Non merci. Nous pouvons à peine être dans la même pièce.

— Ça a intérêt d'être important, répond Levi.

— Julianna a surpris Cali en train d'acheter un test de grossesse.

Est-ce que cela sera suffisant pour le sortir de sa vie parfaite pendant cinq minutes ?

— Merde. Attends une seconde.

Il couvre le téléphone, dit probablement à Clare qu'il doit prendre cet appel. Il y a des bruits et des mouvements, puis le silence à l'autre bout.

— Je suis là. Es-tu sûr que le test est pour elle ?

— Cali n'a pas beaucoup d'amis à Breckenridge, dis-je.

Elle n'est pas là depuis assez longtemps pour s'être fait des amis, du moins, autant que je l'ai remarqué.

— Donc, c'est un gars de chez elle.

— Probablement, marmonné-je, et je me glisse dans un fauteuil confortable dans le chalet.

L'endroit est assez vide, et bien qu'il y ait quelques clients à une table, je suis assez éloigné pour que personne n'entende ma conversation.

Je devrais me retirer dans mon bureau, mais je ne veux pas me sentir si confiné en ce moment. Cette pièce est suffocante après le genre de bombe que ma fille a lâchée. Mais heureusement, ce n'est pas Julianna qui est enceinte. Je ne pourrais pas gérer ce genre de nouvelles.

— Tu n'as pas couché avec elle ? demande Levi.

— C'était il y a des lustres.

— D'accord.

Levi ne pousse pas la suggestion, et j'en suis content, parce qu'il n'y a aucune chance que ce soit mon enfant. J'ai utilisé un préservatif, et c'était il y a des semaines. Assez longtemps pour qu'elle l'ait déjà remarqué. Je passe une main dans mes cheveux, ces pensées me mettant mal à l'aise.

— Quel est le problème ? demande Levi. Tu crains qu'elle abandonne le travail ? On peut trouver quelqu'un d'autre. Je sais que tu aimais son travail, mais il y a d'autres créateurs talentueux.

— Je n'arrive pas à croire qu'elle ait couché avec quelqu'un d'autre, grogné-je.

Mes doigts se serrent sur l'accoudoir, griffant le cuir.

— Vous sembliez plutôt en froid quand je l'ai rencontrée.

— Ça n'aide pas, marmonné-je.

— Ne m'as-tu pas dit que tu as bloqué son numéro, et la lettre qu'elle t'a envoyée, tu l'as renvoyée sans ouvrir l'enveloppe ?

Pourquoi doit-il se souvenir de chaque petit détail ?

— C'est à côté de la question.

— Ah oui ?

— Elle aurait pu venir ici pour me voir et expliquer les choses.

J'expire un souffle lourd et me penche en avant. Je dois garder mon sang-froid, sinon les gens vont commencer à me regarder et à se demander ce qui ne va pas.

— Est-ce ce que tu voulais ? L'aurais-tu écoutée ?

Il a raison. Je l'aurais probablement renvoyée, mais elle n'a même pas essayé de venir me voir.

— Peut-être.

— Bien sûr. Tu l'aurais renvoyée chez elle, et je connais les filles comme Cali. Elles ne peuvent pas se permettre de prendre des vols à la dernière minute, surtout quand elles viennent d'être virées de leur précédent emploi.

— Merde, grogné-je, détestant que Levi ait raison.

— Tu as deux options. Traite-la comme une professionnelle et laisse-la vivre sa vie comme elle l'entend, ou montre-toi à la hauteur et propose de l'aider, sans attaches. Elle pourrait te surprendre.

C'est le problème. Cali a toujours une façon de me surprendre, et cela me laisse généralement hors d'haleine et mal à l'aise.

— Tu suggères que je sois le père de son enfant ?

Je n'arrive pas à croire Levi. Il est soudainement devenu père et prend cela très au sérieux.

— Non, sois juste présent pour elle. Si le père ne se manifeste pas et n'entre pas en scène, elle aura besoin d'aide. Surtout si elle reste à Breckenridge. Elle ne connaît personne, n'est-ce pas ?

Je grogne sous mon souffle.

— J'ai quarante-trois ans, Levi. J'en ai fini avec les couches et les nuits blanches avec les nouveau-nés. J'ai déjà traversé tout ça quand j'ai eu Julianna.

— Personne ne dit que tu dois jouer le père pour l'enfant. Mais Cali pourrait avoir besoin d'un ami, et je sais que tu as encore des sentiments pour elle.

Pourquoi pense-t-il me connaître si bien ?

— Je n'en ai pas.

C'est un mensonge. Je ne veux pas avoir de sentiments pour Cali, mais ils ne semblent pas disparaître simplement parce que je veux qu'ils s'en aillent.

Pourquoi est-ce ainsi ?

Pourquoi a-t-elle réussi à m'irriter au plus haut point et à me faire désirer son corps comme s'il m'appartenait ? Je n'ai jamais ressenti ça pour personne, pas même pour mon ex-femme, Jess.

— Continue de te le répéter, dit Levi. Clare et moi n'avons pas toujours eu une relation parfaite. Nous avions nos problèmes à surmonter. Considère ça comme un test. Si vous survivez tous les deux et ne vous entre-tuez pas, peut-être que vous deviendrez plus forts ensemble.

Je grogne sous mon souffle.

— Je n'ai pas appelé pour avoir des conseils en amour. Et je suis sûr que nous allons nous entre-tuer bien avant de pouvoir tomber amoureux.

— Tu devrais vraiment sortir plus. Coucher avec quelqu'un. Si Cali n'est pas la bonne, trouve quelqu'un qui l'est et garde les choses professionnelles avec elle. Écoute, je dois partir. Amelia m'a trouvé et elle me grimpe dessus comme un singe dans la jungle, et Clare semble avoir disparu.

— Tout à fait normal comme situation.

— Tiens-moi au courant.

Je raccroche et regarde la table heureuse de clients. Ce qui a commencé comme une discussion s'est transformé en une partie amicale de cartes.

Je passe devant le gentleman plus âgé, probablement dans la soixantaine, qui me fait signe.

— Vous voulez vous joindre à nous ? propose-t-il.

— Non, mais merci.

Je songe à m'asseoir à la table, à leur demander ce qu'ils aiment et n'aiment pas dans le complexe pour obtenir des commentaires honnêtes et sincères. Mais je ne pense pas que je pourrais supporter plus de négativité.

La grossesse de Cali est suffisante pour me donner envie de me cogner la tête contre un mur. Je monte un escalier jusqu'à la salle de sport.

J'ai besoin de me défouler, de courir quelques kilomètres sur le tapis roulant. C'est une meilleure option que de courir dehors où il fait froid, et les prévisions annoncent de la neige pendant la nuit.

Mais tout le temps que je cours, je ne peux penser qu'à Cali. Son sourire. Son rire. Ce mouvement de nez quand elle s'énerve contre moi avant d'exploser.

Je cours plus vite et plus fort, mais elle est toujours dans ma tête, et quand j'ai fini mon entraînement, je monte à l'étage pour prendre une douche froide. L'eau glacée est cruelle et ne fait que faire davantage souffrir mon corps. Je tourne l'eau chaude, imaginant la bouche de Cali suivre un chemin jusqu'à mon sexe.

Je ne veux pas fantasmer sur elle, mais je ne peux pas m'empêcher de penser à ce que ce serait que de mettre ma queue dans sa bouche insolente. Je caresse mon sexe, imaginant que ce sont ses lèvres et sa langue sur moi, prenant chaque centimètre alors que je la fais taire et obéir.

Plus ça dure, plus je souhaite l'avoir ici dans la douche, entre moi et le mur. Après qu'elle m'ait pris dans sa bouche, je la baiserais sous la douche, pressée contre le carrelage froid, et je regarderais ses mamelons durcir. Je sucerais les deux tout en la baisant jusqu'à ce qu'elle hurle mon nom. Et seulement alors, je la laisserais jouir.

Mais c'est tout ce que j'obtiens de Cali, un fantasme que je crée dans ma tête.

Je termine sous la douche, me sèche et me change en enfilant un pantalon cargo et un t-shirt. Je ne peux pas me balader dans le chalet en caleçon, et je suis trop fatigué pour me soucier de mettre quelque chose de plus professionnel. Après tout, c'est une station de ski, pas un palais.

En sortant de la chambre, je vois Cali sur mon canapé, les pieds sous elle.

— Comment es-tu entrée ? demandé-je, surpris de la voir.

— Ju m'a ouvert. Je lui ai dit que j'avais besoin de te parler. J'étais un peu surprise qu'elle ne m'ait pas dit d'aller me faire foutre.

Moi aussi. Je la dévisage. Je ne peux pas voir si elle est enceinte, mais je ne peux pas imaginer pourquoi d'autre elle serait ici ce soir.

— C'est à propos du travail ?

Elle aura probablement besoin de plus de temps libre et, bien sûr, d'un congé maternité.

— Euh, pas vraiment, dit Cali.

Elle émet un soupir lourd et tape doucement le canapé à côté d'elle. Elle veut que je vienne m'asseoir.

— Je sais déjà que tu es enceinte, dis-je. Combien de temps as-tu attendu avant de coucher avec quelqu'un d'autre après moi ? Étais-je juste un coup d'un soir ?

Un substitut en attendant que tu rencontres le prochain ?

Je ne devrais pas être si brutal, mais les mots sortent plus rapidement que je n'en ait l'intention.

Son front se plisse, et ses lèvres s'entrouvrent.

Elle émet un soupir lourd.

— Julianna t'a dit qu'elle m'a vue à la pharmacie aujourd'hui.

— Oui.

Il n'y a pas de sens à lui mentir.

— Je suppose que le test s'est révélé positif.

Elle rit sombrement sous son souffle.

— Oh, je suis enceinte, et au cas où tu ne l'aurais pas encore compris, l'enfant est le tien.

Elle me fixe intensément.

Je jure que l'air est aspiré directement de mes poumons. Je secoue la tête, le déni étant le seul sentiment qui semble réel. La pièce tourne, et je m'enfonce dans le canapé, laissant un coussin supplémentaire entre nous.

— Le mien ?

Ma voix couine, et je grimace au son de mon incertitude.

— Es-tu sûre ?

— À cent pour cent.

Je ne suis pas sûr de ce que je dois croire. La pièce tourne, et je prends plusieurs longues et profondes inspirations pour me concentrer.

— Je suis le père ? Es-tu sûre qu'il n'y a personne d'autre ? Nous avons couché ensemble il y a des mois.

— Il y a deux mois, dit Cali. Et entre le stress d'être virée et le déménagement, je n'ai même pas pensé au fait que mes règles étaient en retard jusqu'à aujourd'hui. Et non, à moins que mon vibromasseur puisse soudainement me mettre enceinte. Tu es le seul mec avec qui j'ai été depuis un bon moment.

— Tu n'as pas couché avec Wyatt ?

— Je ne couche pas avec chaque homme qui m'offre un verre. Donne-moi un peu de crédit.

Je devrais m'excuser, mais je ne le fais pas. Nous sommes bien au-delà de ce point pour réparer les choses entre nous.

— Qu'est-ce que tu comptes faire ? demandé-je.

— Est-ce que je vais le garder ?

Cali me fixe, ses doigts frôlent le tissu de son pantalon. Elle est nerveuse et pour de bonnes raisons. Ce n'est pas facile pour nous deux.

— Oui, et j'aimerais rester à Breckenridge, en supposant que j'aie toujours un travail.

Sa remarque me blesse profondément.

— Tu penses que je te virerais après t'avoir mise enceinte ?

— Eh bien, quand tu le dis comme ça, dit Cali, ramenant ses genoux contre sa poitrine, enroulant ses bras autour d'eux.

Elle pose son menton sur ses jambes.

— Je n'avais vraiment aucune idée de comment tu réagirais.

Elle a l'air si jeune, vulnérable et en conflit.

Et c'est moi qui suis à blâmer. Personne d'autre ne l'a blessée. J'ai fait ça tout seul. Pas qu'elle soit innocente, mais si ce qu'elle raconte est vrai, peut-être que j'ai été un peu plus con avec elle que nécessaire.

— Ton travail ne va nulle part. Quand tu devras prendre un congé maternité, on s'en occupera. On a encore du temps jusqu'à ce que ça arrive, dis-je, la rassurant que son travail n'est pas un problème.

— Super, dit-elle, et ses épaules s'affaissent.

Elle a l'air si petite et fragile.

Je la tire sur mes genoux, et elle inspire brusquement, son corps gelé et rigide.

— Relaxe, grogné-je à son oreille. Je ne vais pas mordre.

Après quelques secondes, elle semble se détendre, du moins un peu.

— Nous devons te mettre en contact avec un gynécologue. Je suppose que tu n'as pas encore de médecin en ville.

Cali secoue silencieusement la tête.

— Nous te trouverons l'un des meilleurs, dis-je.

Quelles sont les chances que ce soit un faux positif ?

Serais-je déçu si je découvrais qu'elle n'est pas enceinte et que tout cela est une erreur ?

Mes mains parcourent ses bras, essayant de la rassurer. Elle tremble, et je ne peux pas dire si c'est à cause de moi ou de l'adrénaline de me dire la nouvelle.

— Parle-moi, dis-je. Dis-moi ce que tu ressens.

— Nerveuse. Effrayée. Terrifiée.

Son regard n'est pas sur moi, et je prends son menton, inclinant sa tête et la forçant à me regarder. Ses yeux bleus sont plus brillants, plus clairs, mais pleins de doutes.

Je ne veux jamais qu'elle ressente ce genre de doute à propos de nous ou de moi.

— Je suis désolé, dis-je. Je réalise que j'ai été un con avec toi.

Je la serre plus fort et pose mon front contre le sien.

— Ce n'est pas de ta faute.

Je ris doucement.

— J'apprécie cela, mais je n'ai pas facilité les choses pour toi ni pour nous.

Elle ne me contredit pas. Il n'y a aucune raison pour qu'elle le fasse, car elle doit savoir que j'ai raison. Cali bouge légèrement, pose sa tête contre ma poitrine. J'enlace ses bras autour d'elle, la serrant dans mon étreinte.

— Tu es mon patron, murmure-t-elle contre ma poitrine. Ça semble être un problème.

— Seulement si nous en faisons un problème.

Je pose mon menton sur le sommet de sa tête.

— Tu portes mon enfant.

J'expire, essayant de laisser les mots entrer. Cela semble surréaliste.

— De toute façon, tu travailles pour Levi. Je suis juste le mec à qui tu rends des comptes.

Elle éclate de rire et se frotte les yeux.

Est-ce qu'elle pleure ?

Mon pouce glisse sur sa joue, essuyant les dernières traces de larmes.

— Je te le promets, je ne vais pas te mener la vie dure.

— Tu l'as déjà fait, marmonne Cali.

Elle enfouit son visage dans ma poitrine.

— Tu te souviens de cette nuit à New York ?

Je me crispe en entendant son rappel de l'entretien et de moi complètement ivre plus tard dans la soirée.

— Oui ?

Apparemment, je n'ai pas bu suffisamment pour oublier complètement ce qui s'est passé, y compris le moment où je lui ai dit que je tombais amoureux d'elle.

— J'ai vraiment cru que tu allais m'embrasser dans ma chambre d'hôtel.

Ses mots me détendent. Je pensais qu'elle allait évoquer l'autre chose que j'ai dite.

— J'aurais dû t'embrasser, mais j'étais ivre et ça aurait été mal.

— Tu n'es pas ivre maintenant, n'est-ce pas ? demande Cali, relevant son regard vers le mien.

— Non, dis-je, en fixant ses lèvres parfaites.

Elles me supplient de les dévorer. Mais ma fille est dans la pièce voisine avec son amie.

— Mais on ne peut pas se rouler des pelles comme des ados sur le canapé. Julianna est là.

— Je sais, elle m'a laissée entrer, me rappelle Cali.

— Que proposes-tu qu'on fasse ?

J'ai envie d'emmener cette petite fête privée dans la chambre, mais je ne veux pas pousser Cali. La journée a été plutôt chargée, entre découvrir qu'elle est enceinte et moi apprenant que je vais redevenir père.

Je pose mon front contre le sien, respirant son parfum. Elle sent la lavande et la vanille. Il me faut toute ma volonté pour ne pas passer ma langue le long de son cou et l'entendre gémir alors que je l'excite.

Cali attrape mes cheveux, laissant ses doigts les parcourir. Son toucher est sensuel et apaisant, m'attirant vers un baiser.

Il n'y a qu'un temps limité pendant lequel je peux continuer cette comédie, prétendant que je ne veux pas dévorer chaque centimètre d'elle. Et je perds rapidement.

J'ai le souffle coupé lorsqu'elle se décale légèrement et se penche plus près, ses seins frôlant ma poitrine. Je grogne et presse mes lèvres contre les siennes. J'ai besoin d'elle comme j'ai besoin d'air pour respirer.

Ses lèvres s'écartent, me permettant d'entrer, et je prends volontairement ce qui m'est accordé.

Elle est à moi.

Le baiser s'intensifie et mes doigts s'emmêlent dans ses cheveux, la tirant plus fort, plus près, plus étroitement. Même si j'ai envie de la déshabiller sur le canapé, il y a deux adolescentes à une pièce d'ici.

Je me retire et Cali gémit en signe de protestation. Je ne veux pas qu'elle pense que le baiser est terminé et que je regrette quoi que ce soit. En quelques secondes, je la soulève dans mes bras et la porte jusqu'à ma chambre.

— Je peux marcher, dit-elle en poussant un cri et en me frappant le bras de façon ludique.

— Tu n'es pas tombée cette semaine ?

Elle me tire la langue et je me penche pour essayer de l'attraper. Nos langues se battent en duel et lorsque je la place sur le lit, je monte sur elle, à cheval sur ses hanches.

Cali gémit et presse ses hanches contre les miennes.

— Doucement, ma chérie, dis-je. Nous avons toute la nuit devant nous.

Mes doigts effleurent l'ourlet de sa chemise et je la remonte, l'aidant à se déshabiller. Dès qu'elle l'a enlevée, je me jette sur elle, ma bouche traçant un chemin de baisers chauds le long de sa poitrine, tandis que je guide mes mains derrière son dos pour dégrafer son soutien-gorge.

Elle émet un doux soupir lorsque le tissu glisse et que mes lèvres dévorent son sein. Avec un mamelon dans ma bouche, suçant et embrassant sa chair, mon autre main caresse sa peau veloutée.

Ses doigts tirent ma chemise vers le haut et par-dessus ma tête, et elle s'emmêle momentanément avant que je ne relâche mes lèvres de son sein, me détachant d'elle assez longtemps pour jeter ma chemise et ensuite mon pantalon avec elle.

Mon caleçon et sa culotte sont les seuls vêtements que nous portons tous les deux. Et j'ai bien l'intention de la débarrasser de ses sous-vêtements. Mes lèvres reviennent sur son ventre et ses doigts s'emmêlent dans mes cheveux tandis que je murmure mes douces excuses.

— Je suis vraiment désolé de t'avoir rendu responsable de ce qui s'est passé. Je ne veux plus jamais me disputer avec toi.

— Moi non plus, murmure-t-elle, en tendant la main vers le bas et en me ramenant vers son visage. Je voulais m'excuser. J'ai essayé, mais j'aurais dû continuer à essayer.

— J'étais têtu. Je pense que rien de ce que tu as dit ne serait entré cette tête dure.

— Tu n'as pas tort.

Cali se penche en avant, mord ma lèvre inférieure et la serre entre ses dents avec un sourire.

Je grogne quand elle relâche son emprise sur ma lèvre.

— Tu viens de me mordre ?

Elle hausse un sourcil.

— Tu as bloqué mon numéro, grincheux des montagnes.

Le sourire en coin qu'elle affiche me serre le cœur. Je veux être celui qui la rendra heureuse, chaque jour, pour le reste de ma vie. Me donnera-t-elle ce plaisir et me laissera-t-elle être là pour elle et notre enfant ?

ÉPILOGUE

CALI

Enceinte de 40 semaines

Je jure que je vais tuer Logan pour m'avoir mis enceinte. Je suis comme une montgolfière prête à exploser à tout moment.

Ce moment, c'est maintenant.

J'ai perdu les eaux et Logan me conduit à l'héliport, car l'hôpital le plus proche est à deux heures de route.

Et il insiste pour que j'accouche à l'hôpital, et non à la maison avec une sage-femme. Il ne veut pas prendre de risques, ni risquer la vie de l'enfant ou la mienne.

Je ne discute pas, mais les contractions sont infernales.

Vais-je réussir à me rendre à l'hôpital ou vais-je accoucher dans son luxueux hélicoptère privé ? Ce n'est pas une histoire que je veux raconter quand notre enfant sera plus grand.

Il m'installe dans le siège.

Logan est le pilote et même si j'ai envie de lui serrer la main et de le sentir là pour me soutenir, il doit se concentrer sur le fait de nous amener à l'hôpital en vie.

Le vol n'est pas aussi horrible que je l'avais imaginé, et en peu de temps, je suis transportée à l'hôpital pour accoucher d'un petit garçon.

— Je te déteste, dis-je à Logan en serrant les dents.

Les contractions sont espacées de quelques secondes.

La douleur irradie chaque parcelle de mon corps et je veux que ce bébé sorte.

Il me prend la main de la manière la plus douce et la plus apaisante qui soit, et je la serre avec force alors qu'une autre contraction me transperce.

— Je n'arrive pas à croire que tu m'aies entraîné là-dedans ! lui lancé-je.

Logan sait quand il doit se taire, et en ce moment, il essaie de se contenir. Qu'il soit agacé par moi ou qu'il se morde la lèvre pour ne pas faire de commentaire désobligeant, il est sage de rester silencieux.

Le médecin me demande de pousser, et si je pensais que la douleur ne pouvait pas être plus forte, je me trompais. Je suis épuisée et notre bébé n'est même pas encore né. Comment vais-je gérer mon rôle de mère ?

L'inquiétude envahit mon esprit, et Logan me tient la main d'une poigne solide.

— Tu te débrouilles à merveille, ma belle. Tu es une dure à cuire. Tu peux y arriver. Respire juste pendant les contractions, comme nous l'avons fait à l'entraînement.

— Comme je l'ai fait, lui dis-je d'un ton sec.

Je ne peux pas m'empêcher de ressentir la colère qui m'envahit. C'est pire que notre première dispute. Sauf que cette fois, je ne le pense pas.

Et les larmes coulent parce que je ne veux pas qu'il me déteste.

Quand suis-je devenue une telle peste ?

Oh, c'est vrai, la grossesse.

Les hormones et la croissance d'un enfant à l'intérieur de moi en sont la cause.

Je suis inondée de soulagement lorsque le bébé naît enfin, pesant deux kilos et demi. Il a les cheveux noirs de Logan et mes yeux bleu vif. Il est en bonne santé et parfait.

Nous décidons tous les deux de l'appeler Miles, car Logan me jure qu'il parcourra tous les kilomètres du monde si je le quitte à nouveau. En retour, je jure que rien ne viendra jamais se mettre entre nous ou se mettre en travers de notre chemin.

Nous ne sommes pas mariés, pas encore.

Certaines choses prennent plus de temps que d'autres. Nous nous sommes surtout attachés à renforcer notre relation et à veiller à ce que Julianna s'adapte bien à son nouveau frère.

J'ai emménagé dans la suite penthouse quelques mois après l'annonce de la grossesse. Il me semblait absurde d'avoir une chambre pour moi toute seule et Logan voulait être témoin de chaque moment de la grossesse. C'est ce que je voulais aussi, avec lui.

Je travaille toujours pour Luxenberg Enterprises et je fais mes rapports par l'intermédiaire de Logan, ce qui semble fou, mais Levi n'y voit pas d'inconvénient tant que nous sommes tous les deux productifs et que la station se porte bien. De plus, je suppose que le fait que Levi et Logan soient partenaires commerciaux rend les problèmes inexistants.

Logan ne travaille pas techniquement pour Levi.

Et Ju va enfin pouvoir faire un stage pour moi lorsqu'elle ne sera plus à l'école cet été. Je pense que Levi pourrait même la payer quelques dollars pour ce stage, mais elle est plus excitée à l'idée d'apprendre tout ce que je fais et d'aider à gérer nos comptes de médias sociaux.

Blue Sky Resort se porte à merveille. Nous sommes constamment complets pendant les mois d'hiver.

Logan n'arrête pas de parler d'agrandir le complexe et de le développer.

Je m'attendais à ce que Logan achète une voiture pour le seizième anniversaire de Julianna. Au lieu de cela, il a installé une salle de jeux dans l'une des suites vides du rez-de-chaussée, dont l'accès nécessite une carte d'accès privée.

Chaque fois que Julianna veut inviter ses amis et cherche quelque chose à faire, surtout en été, la salle de jeux est très utilisée.

On y trouve des jeux vidéo à l'ancienne comme Pac-Man, une série de jeux de course et même une machine à pinces que Logan a remplie d'animaux en peluche.

C'est littéralement la salle d'arcade de Ju. La jeune fille ne se rend pas compte de la chance qu'elle a d'avoir Logan comme père. Et je suis sûre que Miles sera tout aussi gâté quand il sera plus grand.

Logan nous ramène, Miles et moi, à la maison. Il a pensé à tout, transformant la chambre d'amis en chambre d'enfant. Nous avons également installé un berceau dans la suite principale.

Je suis allongée sur le canapé, en train d'allaiter le bébé, quand Logan prend place à côté de moi.

Il soulève mes jambes, s'assoit sous elles avant de replacer mes pieds sur ses genoux. Ses doigts se mettent immédiatement à masser mes mollets et mes pieds.

Cet homme est un rêve devenu réalité. Je ne sais pas comment j'ai eu autant de chance.

— Il te ressemble, dit Logan en admirant son fils.

— Je ne sais pas. Je pense qu'il te ressemble beaucoup, murmuré-je en souriant.

Je ne veux pas risquer de réveiller Miles, puisqu'il vient de s'endormir.

Je lui fais faire son rot et Logan me propose de le prendre et de le coucher dans son berceau. Je lui confie l'enfant endormi et m'adosse à lui, laissant mes yeux se fermer. Je suis épuisée, et ce n'est que la première semaine. Au moins, à l'hôpital, les infirmières pouvaient m'aider, mais maintenant, le bébé dépend de moi pour sa survie.

Rien que cette idée me fait peur.

— Il dort, dit Logan, et il remonte directement sur le canapé, reprenant la position qu'il avait quelques minutes plus tôt.

— Oh, bien.

Je ne peux m'empêcher de bailler. Je n'arrive pas à rattraper mon retard de sommeil, et avec un nouveau-né, je me demande quand j'arriverai à dormir toute une nuit.

— Ça va ?

Le toucher de Logan est doux et apaisant lorsqu'il caresse mes jambes.

J'acquiesce et laisse mes yeux se fermer.

— J'ai l'impression que je pourrais dormir pendant une semaine.

J'imagine Logan sourire, mais je suis trop fatiguée pour ouvrir les yeux.

— Moi aussi, dit-il en riant doucement.

Je le pousse du bout du pied.

— Ce n'est pas une compétition, dis-je.

— Et merci de ne pas t'être mis en colère contre moi à l'hôpital. Je suis désolée pour toutes les choses terribles que j'ai dites pendant l'accouchement. C'était horrible.

— Les choses que tu as dites, ou la douleur ?

J'ouvre les yeux et il sourit.

— Les deux, dis-je. Je t'aime.

Je l'ai ressenti pendant des mois, mais je ne l'ai pas dit. J'ai besoin qu'il sache que rien ne se mettra jamais entre nous.

— Je t'aime aussi, murmure-t-il en attrapant la couverture sur le canapé. Tu devrais te reposer pendant que Miles dort.

Il tire la couverture sur moi, m'aidant à me mettre à l'aise.

Je marmonne entre deux bâillements :

— C'est toi qui t'occuperas des couches quand il se réveillera.

— Avec plaisir.

— Menteur.

Il a beau proposer de changer la couche de Miles, je sais qu'il n'en a pas envie. Personne ne veut changer la couche puante d'un bébé.

Logan descend du canapé et se penche, pressant ses lèvres sur mon front.

— Pour toi, Cali, je ferais n'importe quoi.

Et je crois qu'il le ferait, tout comme je ferais n'importe quoi pour lui.

CONCOURS, LIVRES GRATUITS ET PLUS DE CADEAUX

J'espère que vous avez apprécié Le Milliardaire Grincheux et que vous avez aimé l'histoire de Levi et Clare.

Inscrivez-vous à ma newsletter Willow Fox

Si vous avez apprécié Le Milliardaire Grincheux, prenez un moment pour laisser un avis. Les avis aident les autres lecteurs à découvrir mes livres.

Vous ne savez pas quoi écrire ? Ce n'est pas un problème. Ce ne doit pas nécessairement être long. Vous pouvez raconter comment vous avez découvert mon livre : est-ce qu'un ami ou un club de lecture vous l'a recommandé ? Faites savoir aux lecteurs qui est votre personnage préféré ou ce que vous aimeriez voir se passer ensuite.

Merci de votre lecture ! J'espère que vous envisagerez de vous inscrire sur ma newsletter pour recevoir des livres gratuits, des promotions, des cadeaux et des informations sur les nouvelles parutions.

A PROPOS DE L'AUTEUR

Willow Fox aime écrire depuis qu'elle est au lycée (il y a bien longtemps). Ses romances de petite ville reflètent la vie dans une petite ville de l'Amérique rurale.

Qu'elle écrive des romances ou qu'elle s'assoie près d'un feu de camp pour lire un bon livre, Willow aime la magie des mots écrits.

Elle rêve d'être transportée et espère le faire pour ses lecteurs !

Visitez son site Web à l'adresse suivante :

https://authorwillowfox.com

Frères Bratva

Boss Brutal

Boss Vicieux

Boss Possessif

Boss Obsessif

Père, célibataire et autoritaire

Le Milliardaire Grincheux